メディアワークス文庫

後宮の夜叉姫３

仁科裕貴

目　次

序章　5
第一章　燈火の友　39
第二章　豚と侮るなかれ　131
第三章　無垢なる闇を宿すもの　211
終章　295

登場人物

沙夜《さや》……ひょんなことから後宮入りし、白澤《はくたく》の弟子となった少女。十五歳。

ハク……白陽殿に住む美貌の青年。その正体は、伝承に神獣と謳われる白澤。

緑峰《りょくほう》……綜国《そうこく》の若き皇帝。陰謀渦巻く宮中で、己の正義を貫こうと奮闘する。

天狐《てんこ》……袍服《ほうふく》を身に纏う金髪碧眼の少女。実は千年以上もの時を生きる妖狐。

綺進《きしん》……妖艶な宦官。生ける屍(僵尸《きょうし》)となった現在でも緑峰に仕えている。

紫苑《しおん》……美しき皇太后。次々に起こる後宮の諸問題に頭を痛めている。

笙鈴《しょうりん》……元は紫苑の侍女。要領よく何でもこなすが、一番得意なのは料理。

春鈴《しゅんりん》……笙鈴の妹。引っ込み思案だが真面目な性格。十歳。

燕晴《えんせい》……先代の皇帝であり沙夜の実父。白陽殿《はくようでん》にて隠遁生活を送っている。

晨曦《しんぎ》……燎《りょう》の名家から後宮入りした美少女。死者を操る秘術を用いる。

序 じょしょう 章

《貘《ばく》、白豹《しろひょう》。似熊、小頭庳脚、黑白駁、能舐食銅鐵及竹節》

貘、白豹。熊に似て、頭が小さく脚が短く、黒白のまだら模様で、よく銅鉄や竹を舐《な》めるようにして食べる。

厳しい現実から逃避したくなると、沙夜《さや》はよく散歩に出掛けていく。そして野外で趣味に没頭することで、心の平安を取り戻そうとする傾向にあった。

その趣味とは何か。

雑草の食べ歩きである。

少々外聞が悪いこの趣味——いや習性が培われた背景には、彼女自身の憐《あわ》れな生い立ちがあった。貧しい寒村で生を受けた沙夜は幼少期に飢饉《ききん》に遭い、当時はそれこそ口に入れられるものなら何でも食べた。そうする必要があったからだ。

手当たり次第に野草を食《は》み、木の皮に齧《かじ》りつき、住居の土壁を湯に溶いて飲んだりして空腹を誤魔化していたのである。今から考えると酷《ひど》い時代だった。でも何とか生き残った。だからこそ——

「……あ、こんなところに香菜《シャンツァイ》が生えてる！　いただきます！」

根を残して摘み取った香菜を迷いなく口に入れると、鮮烈な香りが鼻の中で一気に膨らみ外に抜けていく。後味には何とも言えない清涼感が残った。

ただ、正直な感想を口にするならば、あまり美味《おい》しいとは思わない。

香菜がもつ独特な風味を、沙夜は苦手としていた。けれどそれに反して口元は自然と緩み、微笑がこぼれ落ちるのを止められない。そのうち手までが勝手に動き出し、収穫のために持参した竹籠に次から次へと香菜を取り込んでいく。

——飢えずに済むというだけで素晴らしい。あと香菜の天ぷらは別。あれはみんなの大好物。

泰山《たいざん》の麓から残暑が遠退《とおの》いていき、待ち望んでいた実りの季節がやってきた。森の中を吹き抜ける秋風は少し湿り気を帯びており、そろそろ葉を落とすよう木々に囁《ささや》きかけているようだ。

もちろん今の沙夜には、食糧の心配など必要ない。後宮入りした当初はともかく、白陽殿《はくようでん》で暮らすようになってからは、毎日美味しいものを口にすることができているのだが、それはそれ。これはこれ。

何か心配事があると散歩に出ていき、ついでに道端の草をぱくり。そうしていると何故《なぜ》か胸の中がすっきりとしてきて、悩みが頭からぷかりと浮かんでどこかに消えていくのだ。泡沫《ほうまつ》のように。

恐らく無意識のうちにこう考えているに違いない。この先、どんなに辛《つら》い体験をしたとしても、きっと飢饉のとき程酷くはない。そして〝綜国《そうこく》〟の後宮はとても自然豊かであり、何があろうと飢えることだけはないだろう。その安心感が沙夜の精神状態の支えになっているのである。

「やっぱり秋はいい……。銀杏《いちょう》の実もたくさん拾っていこう。あとは荠菜《ジーツァイ》に小根蒜《しょうこんさん》に鱼腥草《イーシンツァオ》に」

穏やかな日射《ひざ》しの下をのんびりと歩きつつ、夕餉《ゆうげ》の食卓に何品付け加えられるかを考えていると、心がとても豊かになってくるのだが、しかし。

残念ながらその日の散歩は、平穏のうちには終わらなかった。

収穫を続けるうちに陽が西に傾き、そろそろ白陽殿に戻ろうかと踵《きびす》を返《かえ》しかけた頃、茂みの中からガサリと音が聞こえてきたのである。

反射的に身を翻し、木陰に隠れようとする沙夜。

今の今まで警戒すらしていなかったが、考えてみれば当然の話である。自然が豊かということは、すなわち野生動物が棲《す》みついているということだ。

この辺りは後宮妃達が暮らす宮殿にも近いため、さすがに狼《おおかみ》や熊は出ないはずだが、野犬くらいは棲みついていてもおかしくない。

にわかに神経を尖らせながら、茂みの方に目を懲らしていると、のっそりと大きな影が動いてこちらに向かってくるのがわかった。

「――――何、あれ」

予想外に大きい。いや大きすぎる。

体長は羆《ひぐま》と同じ程度。身長で言えば沙夜を倍にした程度だ。

しかし明らかに羆ではない。その証拠に、体毛が白と黒の二色にはっきりと分かれている。獰猛《どうもう》に尖《とが》った爪の生えた四肢は黒い毛に包まれているが、腹や頭部は白だ。ただし目の周りと鼻は黒。

――初めて見た。貘豹《パンダ》じゃん。

文献でしか知らない動物であるが、とても希少な種のはずだ。なのにどうしてこんな場所をノシノシ歩いているのか。それがわからない。

ここから少し離れれば、木漏れ日も通らないくらいに鬱蒼《うっそう》とした森の深部に入るだろう。でもここはまだ人の住む領域……いや考えてみると、ここだって堅牢《けんろう》な外壁に四方を囲まれた城内の一区画である。ますますどうやって侵入したのかわからない。

「いやいや。立ち止まって考えている場合じゃない」

ここにいるのは沙夜一人だ。助けを呼ぶ声など誰にも届かない。

慌てて走って逃げたって、きっと追いつかれるだろう。同じ体長の羆は、鹿や猪《いのしし》を超える速度で走ると言うし。

ならばやるべきことは一つしかない。早くも覚悟を決めた沙夜は、その場にうつ伏せに倒れた。五体を大地に投げ出して。

そう、死んだふりである。

——貘豹って何を食べるんだっけ……。

目を閉じて必死に記憶の中を探っていく。多分、肉食ではなかったはずだ。

とはいえ、別に肉食でない獣であっても、相手が障害になると見れば襲いかかってくるに違いない。

そうなればどうなるかは自明だ。あの鋭利な爪で皮膚を引き裂かれ、丸太のような豪腕で首の骨を折られるだろう。細木の枝を手折るがごとく、易々《やすやす》と。

しかしこちらに敵意がないと判断されれば……。もしくは取るに足らない存在だと思わせれば、何とかなるかもしれない。そのための死んだふりなのである。

——銅鉄や竹を食べる、なんて『山海経《せんがいきょう》』には書いてあったけれど。

昔読んだ書物には、そう記されていたはずだ。その記述を信じるならば、沙夜は餌にはなり得ない。敵対姿勢さえ見せなければ去っていくはずだ。きっと。

——わたしは敵じゃないし、美味しくないし、お肉もあんまりついてないよ！

と、地に伏したまま心の中で叫ぶ。

どうか無事にやり過ごせますようにと、強く、とても強く天に祈った……のだが、どうやらその想《おも》いは届かなかったようである。

フンフン、という興奮したような荒い息とともに重い足音が近付いてきて、貘豹の鼻の周りに生えた毛が、沙夜の細い首筋をくすぐったのがわかる。

それだけでも生きた心地がしなかったというのに、ややあって「はむっ」と首の後ろに嚙《か》みつかれた感触があった。

直後、「あ、これ死んだな」と判断する沙夜だったが、不思議なことに痛みはまったくなかった。そのせいで現実感がまるで湧かなかった。

となると即死か。実はとっくに死んでいるのか。既に魂が肉体の外に出てしまっているのか……。などとぼんやり考えつつ、諦念交じりに薄目を開け、目前に映し出された地面をただ眺める。

しかしすぐにその地面が、何故か動いていることに気付く。はてさて、これはどういうことなのだろうか。状況を見るに、沙夜は貘豹に襟首を咥《くわ》えられたまま、どこかに運ばれているようである。

もしかして巣穴まで運んで食べるつもりなのだろうか。他にお腹《なか》を空かせた子貘豹でもいるのだろうか。今夜は沙夜のお肉で一家団欒《だんらん》するのだろうか。

けれど恐怖と緊張からか身じろぎ一つできない。できたとしても逃げおおせる気がまったくしない。もちろん立ち向かう気概も持てない。

結論として、もう詰んでいる。眼下で流れていく地面に同期して、これまでの思い出が走馬灯のごとく滲《にじ》む視界に映し出され、やがて儚《はかな》く消えていった。

このようにして沙夜は、ある晴れた秋の日の午後に、貘豹の巣穴にお持ち帰りされたのであった。

「──あの、お水、どうぞ」

「あ、普通に喋《しゃべ》れるんですね？」

貘豹の巣穴と思《おぼ》しき場所まで運ばれた沙夜は、そこで思わぬ歓待を受けた。

柔らかい毛皮が敷かれた岩棚に座らされ、そこでしばし待っていると、白黒の巨体が大きな手で器用に竹筒を差し出してきたのだ。

一見すると、それには澄んだ水が湛《たた》えられているようである。

「……いただきます」

恐る恐る受け取った沙夜は、苦笑いしつつも竹筒に口をつけ、からからの喉に水を流し込んだ。思いがけず良く冷えていて、とても美味しい。

そのおかげか、少しだけ気持ちが落ち着いてきた。周囲をぐるりと見回してみると、小さな岩穴の入口付近だとわかる。出会った場所からそう離れてはいないはずだが、渓流に近いせいか外の景色は一変していた。どうやら位置的には後宮の外壁に程近いところらしく、川沿いの岩壁に開いた洞穴のようであった。

「意外と住み心地良いんですよ。風はあまり強く吹き込まないし、お水も飲めるし、魚も少しはとれるしね」

そうなんですか、と答えつつも裏では別のことを考える。常識的に判断して、こんな獰猛そうな獣が人語を解するなんて有り得ない。

つまり相手はこの世ならざる存在――〝妖異《ようい》〟なのだろう。

「……ええと、それで、わたしに何か御用ですか？」

相手の意図が見えない居心地悪さから、やや性急かとは思いつつもそう訊《たず》ねる。

すると、洞穴の入口を塞ぐように地面に腰掛けた貘豹は、「ええ」と穏やかな声色で答えた。

「約束をしていたの。ヨウサと」

「〝陽沙《ようさ》〟って……。母とですか？」

驚きのあまり口を大きく開けてしまい、一拍遅れて掌《てのひら》で塞いだ。

陽沙は沙夜の母の名だ。かつては女官として後宮内で暮らしていたという。

「うん。そう」

今さらだが、口調からしてこの貘豹は雌らしい。

「ヨウサとは友達だった。子供が生まれたら、見せ合いっこする約束したの」

「見せ合いっこですか……。いいですね」

微笑《ほほえ》みを返そうとしたのだが、少々ぎこちなくなってしまった。引《ひ》き攣《つ》らせたように口角を上げただけに留まっていたことだろう。

母は後宮内の妖異と仲が良かったと聞く。ただ、どのように仲良くしていたのかは知らない。その画がどうにも想像できない。まさか肩を組んで笑い合ったりしていたわけではないと思う。

相手の巨体は単純に脅威だ。何かの間違いで機嫌を損ねれば、沙夜など腕の一振りで吹き飛ばされてしまうに違いない。だから完全には警戒を解くわけにいかないが、とはいえ母との約束の話が嘘《うそ》だとも思えない。

「ねえ。ヨウサはどこ？　元気？」

「すみません。母は、亡くなりました」

なるべく刺激しないよう、頭を下げて答える。

「十年程前のことです。酷い飢饉があって、そのときに」

「……死んだ？　ヨウサが？」

　と言って小首を傾《かし》げる貘豹。円《つぶ》らなその瞳も相俟《あいま》って、どこか可愛《かわい》らしい仕草ではあったが、感情の動きはわからない。衝撃を受けた様子でもない。

「あの、母とはどんな関係だったんですか？」

「そうねぇ。ワタシが妖異になる前からの付き合いだから……あっちは言葉が通じているだなんて思ってなかったかも」

　鋭い爪の生えた腕を口元に寄せて、彼女はくすりと笑いながら答える。

「森の中で出会って、力比べをして、友情が芽生えた……みたいな感じかな」

「ちょっと想像が追い付きませんが、まあ何となくわかりました」

　深く考えたら駄目だ、と思った。

　沙夜の記憶の中の母は、穏やかで慈愛に満ちた女神のような女性だった。しかし、後宮で過ごしていた当時を知る師父や姉弟子、それから時折白陽殿に顔を出す水虎《すいこ》の反応からすると、やや破天荒な一面もあったらしい。

「それでね、ヨウサに言われたの。私はいつか、故郷に戻って子供を産むだろうけど、その子はいずれここにやってくる。その頃にはあんたにも子供が生まれてるだろうから、見せ合いっこしようって」

「でもそのあと、妖異になっちゃったんですよね？」

妖異とは、この世ならざるものの総称である。だから少なくとも彼女は、既に現世に生きる存在ではない。恐らくもう死んでいる。

「うん、そう。ヨウサがいなくなってからは、泰山をもう少し登ったところで生活してたんだけど……。子供ができて、食べる物が足りなくなって、ここへ降りてきたときに人間に襲われて……。いろいろあってこうなっちゃった。何かワタシ達の毛皮、すんごく高値で取り引きされるらしくて」

「なるほど、事情はわかりました。大変でしたね」

平静を装ってそう答えたが、内心どきどきしていた。明るい声でそんなことを言わないで欲しい。

彼女が妖異になった経緯はわかった。人間に襲われて肉体は滅びてしまったが、残された子のことを想うと死にきれなかったに違いない。それで未《いま》だに現世に留まっているのだと判断する。

ならその子供はどうなったのか。聞くのがとても恐ろしいが……。

子供を見せ合う約束をした、という話の導入からすると、彼女と同様に妖異になってしまったのかもしれない。その可能性が高いのはわかった。

だとすると、果たして沙夜はここでどんな反応をすべきなのだろうか。それがわからず、しばし愛想笑いをしながら引き続き話に耳を傾けていたのだが、やがて彼女はすっくとその場で立ち上がった。

「ヨウサに会いたかったけど、いないなら仕方がない。もう行くね」

「行くって、どこにですか？」

すると貘豹は黒毛に包まれた腕を振り上げて、後方に聳《そび》える遥《はる》かな霊峰を指さす。

泰山は古くから、死者の魂が集う山だと言われている。かつて秦《しん》の始皇帝が封禅《ほうぜん》の儀式を行って以来、泰山の神――〝泰山府君《たいざんふくん》〟は天帝にも匹敵する程の権威をもつと認識されるようになった。

そしてその神はいつしか冥府を統べる大帝、〝東嶽大帝《とうがくたいてい》〟という名で呼ばれるようになったのであるが――

「呼ばれているの。お山に」

妖異が泰山に登るということは、あるべき場所に戻るということに他ならない。

つまり今生との永遠の別れを意味している。

「しばらく前からずっとね。だからもう行かなくちゃ」

「ま、待ってください。出会ったばかりでそんな」

「最後に会えてよかった。あとはよろしくね」

「はい？　よろしくって何を——」

沙夜が訊ねるも、話は終わったとばかりに彼女は背を向け、洞穴の外へ出て行こうとする。

慌てて腰を跳ね上げ、後を追いかけたのだが、何故か追いつくことはできなかった。外壁の方へと向かう彼女の背中は既に透けており、少し宙に浮いてさえいた。そのまま渓流の上を歩き、風に後押しされてどんどん遠ざかっていく。

しばし呆然としているうちに、完全に見失ってしまった。先程までかすかに感じていた彼女の体温さえも、全てが霧のごとく消えたあとで……。

「いや、よろしくって何ですか。いろいろ説明不足過ぎる」

一人きりになった洞穴の入口で沙夜はそう零《こぼ》し、ついでに溜息《ためいき》をついた。

彼女の子供がどうなったのかすら、まだ聞けていないというのに……。そう考えていると、渓流をぴょんと飛び越して近付いてきた人影があった。

灰色の袍服《ほうふく》に身を包んだ、金髪碧眼の少女だ。その容貌は端整の一言だが、表情は仮面のごとくに硬く、怜悧《れいり》な印象を抱かせる。

さもありなん。彼女もまた人間ではない。千年以上もの時を生きる妖異の狐《きつね》——天狐《てんこ》なのである。

「話は終わった？」

と、小首を傾げつつ淡白な口調で訊ねてくる彼女に、沙夜は少しだけ苛立《いらだ》ちを覚えつつこう返す。

「天狐さん……。どうせ一部始終見ていたんですよね？」

姉弟子である彼女は、いつも無表情で何を考えているのかよくわからないが、実はとても面倒見が良《い》い人だ。沙夜はそれを知っているからこそ、つい唇を尖らせながら「助けてくれてもよかったじゃないですか」と口にしてしまう。

きっと常日頃のように、陰ながら護衛をしてくれていたはずなのだ。なのに貘豹に連れ去られるのを黙って見送ったのには、如何《いか》なる理由があるのだろうか。

「修行の一環」と端的に彼女は言う。「どうせ命の危険はなかっただろうし」

「生きた心地がしませんでしたけどね。わたしは」

「悪意を持つ存在かどうか。そのくらい見分けられるようになって当然」

「いや、そんなの簡単に言わないで下さいよ」

初対面の相手に悪意があるかどうかなんて、わかったら苦労はしない。沙夜が後宮入りしてからこれまで、どれだけ実体のない悪意に晒《さら》され、奇想天外な事件に巻き込まれてきたことか……。

「それよりあれ、どうするの？」

天狐は洞穴の奥に指先を向け、そう訊ねてくる。

「あれって何です？」

「後ろの、あれ」

促され、振り向いてみてそこで沙夜は気付いた。

洞穴の奥の暗がりに、何かがいる。

豊かな毛に包まれた体を小さく竦《すく》め、怯《おび》えた目つきでこちらの様子を観察している何者かだ。

白と黒にくっきりと分かれた体毛を持ち、目はくりっとして黒曜石のように輝き、丸い耳と短い手足が何とも愛らしい。

どこからどう見ても、子供の貘豹である。

となると、まさか――

「あとはよろしくってのは、もしかして？」

「どうやら、そうみたい」

天狐はうなずく。彼女が肯定したことで最後の逃げ道が塞がれてしまった気がして、目の前が暗くなっていくのを感じた。

あの貘豹は、沙夜の母と子供を見せ合う約束をしたと言った。そしてその子供と思しき子貘豹が、今目の前にいる。

「……押しつけられたってことですか？　育児を」

訊ねる沙夜に、天狐はもはやうなずきも返さず、くるっと踵《かかと》を翻す。

「あとは頑張りなさい。あまり遅くならないように」

そう言い残して、返事も聞かずに去っていく彼女。

ちょっと待って——そう声をかけようとしたときには、既に天狐の背中は川向こうへと消えていた。

まったく困ったものである。妖異はみな、この世の摂理を外れた理不尽な存在だ。このときばかりは心底そう思った沙夜であった。


幸いにもと言うべきか、子貘豹はとても人懐っこい性格だった。

距離感を摑《つか》みかねて、遠巻きに「おいで」と声をかけた沙夜に対し、子貘豹はゆったりとした動作ながらもすぐに距離を詰めてきて、匂いを嗅ぐように鼻先を近づけてきた。実に可愛らしい。

「……さっきの母親とのやりとりを、理解しているとは思えないけど」

その場にしゃがみ込んで頭を撫《な》でてみると、子貘豹は真っ黒で純真無垢《むく》な瞳を沙夜に向けながらも、嬉《うれ》しそうに瞼《まぶた》を細める。

妖異化した母貘豹に育てられていたことから思料するに、きっとこの子も妖異なのだろう。となると、通常よりも高い知性を保有していることも考えられる。ならば人の言葉を理解しているのかも？

「……もしかして、お腹空いてる？」

小さなお腹からくうぅと音が聞こえてきたので訊ねると、返答代わりに頭をこすりつけてきた。体長は人の三歳児と同程度だろうか。となると生後すぐというわけでもない。多分、数ヶ月は経過している。

小さくても毛並みの色は白と黒にくっきり分かれており、触ってみた感じはとてもふかふかと柔らかい。そして体温がとても高い。

「そうだ」

と思いついて腰を上げた。散歩の途中で集めた野草があるではないか。母貘豹と出会ったあの森の小道に、竹籠が落ちているはずである。

「食べ物があるよ。一緒に行こう」

沙夜が洞穴から離れようとすると、子貘豹はゆっくりとした足取りで後からついてくる。そんな仕草に、早くも庇護《ひご》欲が湧き出してきたのを感じた。

――いかん、可愛い……。でもわたしに母親代わりなんて無理だろうし、ハク様に相談してみるしか……。

渓流に沿って少しだけ歩き、森の中に足を進めたところで、母貘豹と出会った場所にはすぐにたどり着いた。道端に転がっていた竹籠を抱え上げ、中に入っていた香菜の束を子貘豹の鼻先に近づけてみる。

しかし、お気に召さなかったのか、ふいと顔を背けられた。

「食べないか……。ねえ、とりあえずうちに来る？」

声をかけてもうなずきもしない。けれど沙夜が腰を上げて再び歩き出すと、やはりのんびりとした歩みでついてくる。

道中、少し考えてみた。貘豹は非常に珍しい動物だ。その生態はほとんど知られていないが、白黒に分かれた鮮やかな毛並みが珍重されており、貴人の間では毛皮が高値で取引されているらしい。唐代には、海の向こうの島国である〝倭《わ》〟に、友好の証《あかし》として番《つが》いの貘豹が贈《おく》られたという話もある。

母貘豹も「人間に襲われた」と言っていたことだし、白陽殿で面倒を見るとしても、あまり大っぴらにはしない方がいいだろう。

あと問題は、何を餌として与えればいいのかということだ。山海経には銅鉄や竹を好んで食べると記されていたが、そんな生き物が本当にいるとも思えない。

しかし、あんなふうに母貘豹に頼まれた以上、見捨てられるはずもない。どうにか育ててやらなければ……そう考えつつ帰路を歩いていると、鬱蒼とした竹林の向こうに漆黒の殿舎——白陽殿が見えてきた。

「静かにね」

後ろを振り返って一言そう言い添え、裏口から一緒に敷地《しきち》内に入った。が、そのまま裏庭を抜けて厨房《ちゆうぼう》に直行したところで、「なにそれ！」と驚いたような声に迎えられてしまう。

白一色の襦裙《じゆくん》を折り目正しく着こなした、非常に真面目そうな容姿の宮女である。艶のある髪を額の中央できっちり左右に分けており、見た目は地味だが清潔感があって仕事のできる女という印象がある。身長こそ沙夜と同じくらいに小柄だが。

「落ち着いてよ笙鈴《しようりん》。この子が食べられるもの、何かないかな」

「それって貘豹でしょ？　初めて見た」

食べられるものっていっても……と厨房の中を見回す笙鈴。

すると直後、竈《かまど》の前で火の番をしていた小さな女の子が、蒸籠《せいろ》を抱えたまま小走りにこちらへやってきた。

「子供の貘豹さん、だよね。これ食べるかな。朝食の残りの包子《パオズ》だけど」

笙鈴の妹である十歳の春鈴《しゅんりん》は、容姿こそ姉によく似ているが、少し目尻が垂れていて物腰が柔らかく、態度もまだあどけない。

そんな彼女が差し出した包子は、朝食に出されたものだ。すっかり冷めきって皮が硬くなっているが、沙夜たちが昼間におやつとして食べることもよくある。でも貘豹の餌としてはどうなのだろう。

そう思った途端、子貘豹は包子に鼻を近づけてくんくんと嗅ぐと、すぐに口を大きく開けてばくりと齧りついた。

さらに、一口では到底食べきれない大きさのそれを、両手で抱えるようにして勢いよく食べ始める。厨房の石造りの床に座り込んだ姿勢で。

「うわぁ……。よっぽどお腹減ってたんだね。はいお代わり」

「くぁう！」

続けてもう一つ包子を差し出した春鈴に、子貘豹は鳴き声でお礼を告げ、再び没頭するように食べ進める。

どうやら雑食のようだ。餌の問題はこれで解消されたが、笙鈴にも春鈴にも見えているとなると、この子貘豹は強い妖異ではないのかもしれない。

というのも、妖異には霊格というものがあり、それが高い程に常人の眼《め》には映らなくなるという特性があるからだ。この子貘豹は妖異だとしても、かなり霊格が低い。もしくは妖異でなく、普通の動物である可能性すらある。

考えているうちに、笙鈴がそう声を出した。

「――あ、ハク様」

見ると、厨房の戸の隙間を抜け、一匹の白猫がこちらに歩み寄ってきている。秋の柔らかな西日を後光に背負い、豊かな毛並みを白銀に輝かせる彼はどこか神々しい存在に見えなくもない。

さもあらん。彼の正体は古の神獣、白澤《はくたく》である。

今は秘術を用いて白猫の姿に変化《へんげ》しているが、彼はかつてこの地に都を築いた始祖〝黄帝《こうてい》〟に知恵を授けたとされる、神にも近しい獣なのだ。

ただし、その佇《たたず》まいには威厳など欠片《かけら》も感じられない。というのも鼻先と目の周辺だけが黒い毛に覆われており、どちらかと言えば愛嬌《あいきょう》を感じさせる顔つきだからだ。

その上全体的に丸々としていて、冬毛の狸《たぬき》と長毛種の猫の中間のような外見である。怒られるので口には出さないが、一言で言えば〝たぬこ〟といったところか。

「天狐から事情は聞いたが、貘豹とは珍しいな。しかも半妖《はんよう》とはな」

「半妖、ですか？」

「うむ。この程度ならば只人《ただびと》の目にも映るだろう。ただ少々成長が遅くなり、寿命が延びているくらいだ。見かけ通りの年齢ではないだろうな」

「つまり、本当に半分だけ妖異ってことですね。どうやったらそんな状態になるんですか？」

「さあな。何か悪いものでも拾って食べたのではないか」

「そんな適当な……」

　思わず、じとっとした視線をハクに向けてしまった。彼はこう見えても知識を司《つかさど》る神獣なので、ぞんざいな答えを返してくる場合は〝わからない〟わけではなく〝興味がない〟のだ。

　ただ、少し気になる。普段は怠惰を絵に描いたような姿で日向《ひなた》ぼっこに余念がない彼が、珍しく能動的に厨房にやってきて、こうして子貘豹を眺めているのが不自然に感じる。その瞳もきらきらとした光を宿しているように見える。

何やら嫌な予感を抱いた沙夜は、そこで子貘豹を庇《かば》うように前に出た。

「待って下さい。この子をどうされるおつもりで？」

「決まっておろう。生態を調べ、記録するのだ」

「酷いことはしませんよね？」

「おまえは我を何だと思っているのだ？」

呆《あき》れたような口調で彼は言うが、どうにも鼻息が荒い。今にも捕まえて解剖しそうな勢いである。

とっくに包子を食べ終えていた子貘豹も何かを感じとったのか、一歩、二歩と後ずさり、それから身を翻すと窓から厨房を飛び出して、素早くいずこかへと走り去ってしまった。あの小さく丸っこい体からは、想像だにできない俊敏《しゅんびん》さだった。

「――ぬ。おまえが怯えさせたから、逃げてしまったではないか」

「いえ、怯えさせたのはハク様ですよ？」

沙夜がそう答えるとハクは不満げな顔つきになった。でもきっと間違いではない。だって未だに彼は前足の肉球を前方に突き出し、わきわきと動かしているのだ。無理にでも捕まえる気まんまんだったに違いない。

「まあよい」

何かを取り繕うようにハクはそう告げると、平静を装いつつ言葉を続ける。

「白陽殿の周りには竹林があるからな。あやつは住《す》み処《か》をそこへ移すであろう。なら今後いくらでも観察の機会はある」

「竹林に……ですか？　元の洞穴に帰るのではないでしょうか。ハク様を見て怯えていましたし」

「何を言っておるのだおまえは」

呆れたような目つきになるハク。

「貘豹は基本的には巣穴を作らない動物だ。さらに主食は竹。生えたばかりのまだ柔らかい青竹を好んで食べる。そう教えては……おらんかったかな、まだ」

「初耳です。でも山海経には銅鉄も好むと」

「馬鹿者。そのような動物、おるはずがなかろうが」

はっきりと彼は断言する。

「昔はな、戦で用いる矢の材質が竹であったのだ。今よりも遥かに矢の需要が高かったから、戦禍の跡には大量の矢が残されていた。そこに貘豹がやってきて、矢を貪り喰《く》う様子を見て誰かが勘違いしたのだろう。金属を好んで食べる珍しい生き物なのだとな」

「なるほど、そういうことですか。竹を食べられるなら食糧には困りませんね」

そこで沙夜は一旦後ろを振り返り、話に口を挟まないよう見守っていた姉妹に向けて説明することにした。白猫に変化したハクの姿は常人にも見えるのだが、言葉は聞こえない。ただにゃんにゃんと鳴いているように聞こえるようだ。

「でもさっきは、包子をばくばく食べてたけど」

笙鈴が当然の疑問を口にすると、すかさずハクが「それはな」と答える。

「本来、貘豹は肉食性の強い雑食だ。肉が好きだし野菜も食うぞ。その上で竹も食う生き物なのだ」

「そうなんですか？」と沙夜。

「ああ。成体になればかなりの巨軀《きょく》になる貘豹だが、その大きな体を維持する程の餌を確保するのは困難だということはわかるだろう？　だからどこにでも生えている竹を食べられるよう環境に適応したのだ。……いや、むしろ環境に適応した個体のみが生き残った末、この種が存続しているのだと言える」

なるほど。竹を食べるなんて珍しい生き物だと思っていたが、そうしなければ生き残れない環境だったということか。貘豹は高山に棲むと言われているため、きっと餌になる小動物もそんなに多くはいなかったのだろう。

沙夜は早速、ハクの言葉を笙鈴達に伝えた。するとすぐに納得顔になった二人は、貘豹の不思議な生態について口々に感心の声を上げる。

「……しかし、どうやら警戒されてしまったようだな。しばらくは竹林にこもって姿を見せないかもしれん。また現れたらすぐに報告するように」

熱が冷めたように踵を返し、さっさと戻っていこうとするハク。

そう言われても、沙夜は肯定の返事を返せない。子貘豹をハクの前に連れ出すのは正直躊躇《ためら》われる。むしろハクに見つからないよう、当面は竹林に餌を届けてやろうかと考え始めた。

すると、

「……ぬ。そういえば」

厨房の戸の隙間を抜けようとしたところで、思い出したようにこちらを振り向いて彼は言う。

「あの小倅《こせがれ》がおまえを探していたぞ。話の途中でどこへ行ったのかとな。まだ燕晴《えんせい》の部屋におるはずだ」

「小倅って」

誰のことかだなんて聞くまでもない。彼の面白くなさそうな口調が全てを物語っている。ハクの言う小倅とは、現皇帝である緑峰《りょくほう》のことだ。

そういえば、と思い出す。沙夜が現実逃避がてら散歩に出たのも、また緑峰が面倒そうな話を持ち込んできたので、父に任せてこっそり抜け出したのだった。

まだ話が終わっていないのなら、さすがに戻らなければならないだろう。

気乗りはしないが仕方がない。沙夜はハクの後について厨房を出た。


「──ようやく戻ってきたか。どこへ行っていたのだ？」

本殿の中に設けられた簡易的な執務室には、文官風の衣裳《いしょう》に身を包んだ精悍《せいかん》な若者と、壮年の男性の姿があった。

若者の名は緑峰。この綜国の皇帝陛下だ。

そして壮年の男の名は燕晴。沙夜の父であり、前皇帝でもある。

二人は沙夜にとっては家族であるが、だからといって臣下の礼を失していい理由にはならない。なのでその場で膝をつこうとしたのだが、緑峰は「構わん」と言って軽く手を振り、すぐに本題に入った。

「後宮女学院だ」

力強い声で彼は言い、まっすぐに沙夜の目を見つめてくる。

改めて見ると、きりっと均整のとれた顔立ちだ。鼻筋はすっきりと通り、口元は引き締まって顎も鋭角。体つきもすらっとしているが、紫を基調とした礼服の肩には鍛え上げられた筋肉による隆起が見てとれる。

威厳ある皇帝ではなく、若き戦士の風格を備えた青年だ。沙夜はそう思う。

「一通りの話は聞いていたはずだな？　すぐに入学試験の準備を始めてくれ。余計な心配だとは思うが、おまえには首席を狙ってもらわねば困るのだ」

「……ええ、はい。全力を尽くす所存ではありますが」

沙夜が煮え切らない返事を返すと、しばし沈黙を保っていた父、燕晴が「後宮女学院、か」と呟《つぶや》く。

それから何かを懐かしむような目になって、こう続けた。

「思えば、陽沙と出会ったのも学院であったな」

「え？　そうだったんですか？」

と、思わず食いついてしまう沙夜。父と母の馴《な》れ初《そ》めにはとても興味がある。

しかし考えてみると、今はそういう場ではなかった。話の腰を折られた緑峰が微妙な表情になっている。ちょっと可哀想《かわいそう》だ。

父もそれに気付いたのか、

「なに、珍しい話ではない。皇帝が代わり、大規模な後宮再編が行われたあとには、後宮内に女学院が設立されるのは伝統のようなものだ。前回の女学院を知る者も未だ多い。再設立は円滑に進むだろう」

と続ける。綜国の歴史上では、これまで何度かあった話らしい。

皇帝が代わると多くの妃嬪《ひひん》達が後宮から去っていく。そして若き妃候補達が大挙してやってくるのだが、外の常識と後宮内における常識はかなり異なる。そこで後宮妃として最低限身に付けるべき礼儀作法と教養を教えるための場所が必要になる。それが後宮女学院というわけだ。

ただし入学は強制ではなく、いわゆる私塾のような扱いらしい。

なので、緑峰は先程〝入学試験〟と言ったが、後宮女学院に入るために何か特別な資格が必要なわけではない。新しく入ってきた妃候補はみな正規の審査を受け、身元の保証がなされているからだ。ではどうして入学試験が行われるのかというと、入学時の学力に応じて級分けをするためだ。緑峰はその最初の序列決めにおいて、沙夜に首席をとるよう命じてきたのである。

——正直、面倒くさい。妃としての序列なんて上げても良いことないし。

というのが偽らざる沙夜の本心だ。だというのに緑峰は頑《かたく》なに「首席だ」と連呼してくる。だからさっきもこっそり抜け出したのである。

「頼んだぞ、沙夜。全力でやってくれ。決して気を抜くな」

「はい……善処します」

緑峰がここまで必死に頼み込んでくるのは、別に沙夜を正妃に迎えたいからというわけではない。

彼は妃選びにとても消極的だ。何故かというと緑峰の次代は既に決まっているからである。

それは父と皇太后——紫苑《しおん》との間に生まれた御子、〝曜璋《ようしょう》〟だ。しかしまだ三歳と幼く、皇帝としての責務に耐えられないという理由から、一度即位するも緑峰に譲位をしたという経緯がある。

つまり彼は期間限定の皇帝なのだ。だからもし、多数の妃との間に子をもうけたりなどすれば、ゆくゆく政争の種となることは必定。だから彼は、色事に対して非常に後ろ向きな態度を貫いている。

とはいえ、子孫を残すことは皇帝の責務の一つだ。曜璋だって無事に成人まで育つとは限らない。せめて正妃を迎え、一子はもうけねば臣下に不満も出るかもしれない。少なくとも正妃を選ぼうとしている姿勢くらいは見せる必要があるのだろう。

だからこその後宮女学院だ。

設立にさえ認可を出しておけば、緑峰が何もしなくても妃の序列は決まる。そして上位者から上級妃に迎えると宣言すれば公平性は保たれる。

さらにその首席に、身内である沙夜を据えておけば臣下からの追及を逃れられる。彼が必死に頼み込んでくる背景には、そういう企みがあるのではないかと沙夜は邪推した。

「何というか……。緑峰様らしいというか……」

聞こえないよう、独りごちる沙夜。

若干後ろめたい事情を隠したその後宮女学院設立計画に、既に深く組み込まれてしまっているのが残念で仕方がないが、相手は皇帝だ。拒否できない。

そして何より、少し先の事態が容易に予想できてしまう自分が哀《かな》しかった。

何故なら古人曰《こじんいわ》く、〝男子有徳便是才、女子無才便是徳〟。

男子に徳有ればすなわちこれ才であり、女子に才無ければすなわちこれ徳である。

ようするに、女性は才能が無い方が愛されるという意味だ。逆に言えば、才能ある女性は誰にも愛されない。これが未だに綜国に根強く残る価値観なのだ。

そんな中で、後宮女学院における序列で妃を決める――すなわち才ある女子を妃に迎えるという声明を出してしまったらどうなるか。国の内外を問わず東西も問わず、女傑と呼べるほどの逸材が集まってきたりはしないだろうか……。

沙夜がそのとき抱いた不穏な予感は、そう遠くない未来において、残念ながら最悪に近い形で的中することになる。

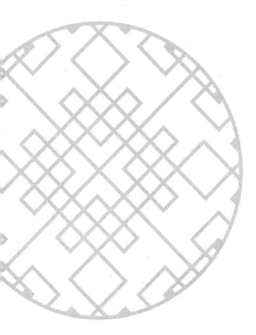

第一章

燈火の友《とうかのとも》

《時秋積雨霽、新涼入郊墟。燈火稍可親、簡編可巻舒》

秋になると長雨は終わり空も晴れ、涼しさが郊外の丘陵地にもたらされる。
そんな夜には燈火《とうか》の元で、書物を開くのが良いだろう。

緑帝《りょくてい》が出したその布告は、瞬く間に天下を駆けめぐった。

綜国の次期国母には、誰よりも才ある女子を求める。現在の身分や国籍などは問わない。ただ自らを才媛と呼ぶに相応《ふさわ》しいと信じる者は、声を上げよ。

「――やっぱり大変なことになってる」

目の前に広がる光景を眺めつつ、溜息交じりに沙夜は言葉を零す。

十月も中旬に差し掛かり、すっかり秋も深まった頃になってようやく、後宮女学院の入学試験が行われるとの通知が沙夜の元にきた。

そのため朝早くに白陽殿を出て、頬を硬直させるような寒風に身を屈《かが》めつつ往来を歩いたのだが……。入学試験会場として指定された〝桔梗宮《ききょうきゅう》〟に近付くにつれて、かねてより抱いていた嫌な予感が確信に変わっていくのを感じた。

見上げた先は緩やかな上り坂になっていたのだが、そこを綜国の意匠ではない服装の女子達が列を成して上っていく。

明らかに他国からやってきた者達だ。北に広がる他民族国家である燎《りょう》、もしくは西の地を統べる斉夏《せいか》。あるいはそのどちらでもない遠き国から来た者達であろう。

綜国の長い歴史の上で、後宮内にこれだけ他国出身者を迎え入れたことはないはずだ。何だか言い知れぬ不安を感じる。

――緑峰様だって何の考えもなく布告を出したわけじゃないだろうけど、それでもこれは少し異常な気が……。

そもそもの話だが、後宮の妃に求められる第一の資格は、家格である。

皇帝の伴侶として世継ぎを産み、ゆくゆくは国母となる女性なのだ。おかしな身元の者がその地位につけば、簡単に国の地盤が揺らいでしまう。間諜《かんちょう》や暗殺者といった獅子《しし》身中《しんちゅう》の虫《むし》への懸念もある。だからこれまで妃の選定基準の大きな部分を、家の格が占めてきたことは事実なのだ。

しかし緑峰の布告には、はっきりとこう記されていた。

身分も出自も問わない。ただ才ある者を求めると。

外国人だろうと卑しい身分の出だろうと構わず、後宮女学院にて才能を示したなら上級妃にすると言っているに相違ない。これをまたとない好機と捉える者はたくさんいただろう。その証拠が、眼前に広がっているこの光景だ。

「……今さら言っても仕方ないけど、これからどうなるんだろうね」

ちょっと振り向いて同行者に訊ねてみた。一緒に白陽殿を出てきた笙鈴は、「さあね」と予想していたよりもからっとした反応を返してくる。

「考えてもわかんないって。なるようになるだけよ」

何事にも割り切りの早い彼女らしい、簡潔な論理である。

ちなみに妹の春鈴は連れてきていない。後宮女学院は言うなれば上級妃への登竜門だ。その地位を目指さない宮女は入学する必要がない。

むしろ連れてこなくてよかったと思う。あまり人付き合いが得意でない春鈴を学院に通わせるのは不安だし、白陽殿に宮女が一人もいない状態も好ましくないからだ。

まあ編入試験はいつでも受けられるらしいので、状況に変化があれば改めて入学すればいいだろう。それが沙夜と笙鈴の共通見解である。

「ほら、さっさと行くよ。試験に遅れちゃう」

「はーい……」

力強い歩みで坂を上っていく笙鈴に、間延びした返事をして沙夜はついていく。

正直に言ってしまうと、全然やる気が湧いてこない。これから行われる試験が級分けを決めるためだけのものだと知っているからだ。たとえ落ちても後宮を追い出されるわけではない。本来なら気楽に受けてもいいものだ。

なのに緑峰が「どんな手段を用いても首席をとれ」などと言うので、何だか足取りが重く感じられてしまうのである。困ったものだ。

とはいえ試験をすっぽかすわけにもいかない。坂を上り終えたところで一度長く息を吐いて、頭の中を空っぽにしてから再び前へと歩き始める。

桔梗宮は、小高い丘の上に作られた立体的な造りの宮殿だ。殿舎の両脇には渓流が走っており、正門に続く道には橋が設けられている。靄《もや》の立つ水面を見ながらその橋を渡ると、朱に塗られた豪奢《ごうしゃ》な門が近付いてきた。

中庭には既に多数の受験者が詰めかけていたが、しばらくすると案内役の宦官《かんがん》達がやってきて、言葉少なに試験会場に案内すると述べた。

彼らの指示に従って本殿を抜け、渡り廊下を進んだ先には大きな広間があり、板張りの床の上にはいくつもの丈の低い机が並べられていた。

「私、あっちみたいだから」

「うん。じゃあまた帰りに」

最後に笙鈴と目を合わせて互いの健闘を祈り合うと、指定された席に向かって進む。

入学試験は三日間に亘《わた》って行われると事前に聞いていたが、まずは筆記試験のようである。試験問題を解くことに没頭すれば、この憂鬱な気分も多少は晴れるかもしれない。沙夜はそう考えつつ、机の前に腰を下ろした。

午前中いっぱいの時間を割り当てられた筆記試験の問題は、四書五経《ししょごきょう》の内容とその解釈を問う設問が主だった。

しかし、事前準備だけは入念に終えていた沙夜に隙はない。綜国にまつわる時事や周辺地域の情勢を訊ねる問題についても対策を講じていたが、残念ながらその分野の出題はなかった。他国出身者に不利になるからだろうか。少し拍子抜けである。

午後からは詩賦《しふ》の試験が行われると発表されたが、そこで会場の戸が大きく開け放たれた。詩は机に頰杖《ほおづえ》をついてしたためるものではないからだろう。

外の空気に触れ、遠く泰山に映る秋の情景を眺めつつ、己の内より出《い》でた無垢なる感情に任せて筆をとるべし。そういった配慮からか、桔梗宮の中ならどこへ行っても構わないらしく、制限時間内に詩を書き込んだ木簡を試験官に届ければ試験は終わりとのことだった。

——久しぶりだな。詩作なんて。

その頃になると、沙夜はちょっと楽しくなってきていた。

筆記試験の最中は、緑峰のために首席をとらねばとそこそこ気を張っていたのだが、詩はそんな張り詰めた気分で綴《つづ》るものではない。むしろあらゆる軛《くびき》から解き放たれた自由な発想こそが大事だと思っている。

だというのにだ。

「余計なもん見ちゃったなぁ……」

詩の題材を見つけるために壁沿いを歩いていたところで、物陰に複数人の気配を感じて足を止めた。そしてその場に漂う剣呑《けんのん》な気配に、思わず呼吸も止まる。

咄嗟《とっさ》に物陰に身を潜めるようにして様子を窺《うかが》うと、どうやら揉《も》めているのは四人の宮女のようであった。

ただ構図的には三対一だ。三人の女子が、一人の女子を一方的に責めているように見える。

あ……。一際背の高い宮女が、小柄な宮女を突き飛ばした。

激しい勢いで壁に叩《たた》きつけ、さらに酷い言葉でなじり始めた。見ていられない。

「――ねぇ。どうすんの？」

と、背後から囁く声があり、振り向くとすぐそこに顔があった。

短く切《き》り揃《そろ》えられた前髪を横に流し、綺麗《きれい》なおでこを出した几帳面そうな顔つきの女の子。確認するまでもなく笙鈴だ。

「……どうするって何が？」

「助けるの？　見捨てるの？」

続けて二択を迫ってくる笙鈴。何とも性急な問い掛けだが、常日頃から竹を割ったような態度で過ごしている彼女らしいとも言える。

しかし沙夜は即答できない。

状況は一目でわかる。いわゆるいじめというやつだ。

だが後宮の宮女は決して平等ではない。そして平等に扱われることを望んでもいない。ごく少数が皇帝の妃となり、大多数が下働きのままいずれ後宮を去る。となれば敵は少ない方がいい。これは当たり前のことだ。

足の引っ張り合いや見栄《みえ》の張り合い。いや、もっと直接的な暗闘なんかも当然あるだろう。だから部外者の立場である沙夜達が揉め事に介入したとしても、良い結果になる保証はまったくない。

どちらに非があるのか。どちらに正義があるのかもわからない。なのに、その場の感情に任せて迂闊《うかつ》な真似《まね》をすれば、余計に問題がこじれてしまう恐れもある。

でも、まあ、それでもだ。

「……まあそれでも行くんだけどね」

沙夜は自嘲気味に言葉を漏らしながら、門柱の陰から身を乗り出した。

正義感ではない。おかしな使命感によるものでもない。ただ何となく看過できないと思った。

虐げられている者を見捨てて時を過ごし、何もせず白陽殿へと帰り、夜に床に入って寝入りばなにこの光景を思い出すくらいなら……今一歩を踏み出すべきだと思ったのである。

「――あのう、すみません」

頭を下げながら沙夜はそう言って割って入る。

「どういう事情かは存じませんが、今はまだ試験中ですし、人目もありますのでそのくらいにしておいた方がいいと思うのですが」

「あら？　あなたはどなたかしら」

三人組の中央にいた女性が、あからさまに目尻を吊り上《あ》げたのが見えた。

「いつから見ていらっしゃったの？」

「さっきからです。具体的には、そちらの方が乱暴に突き飛ばしたあたりですかね」

「それはあたしのことかい？」

左側に立つ一際背の高い宮女が、腕を組んで声を怒らせる。

なるほど、腕っ節には自信がありそうだ。取っ組み合いになったら小柄な沙夜なんてひとたまりもないだろう。

でも残念。既にこうして出てきてしまったのだ。気圧《けお》されてはいられない。

「暴力はよくないですよ？　この後宮女学院は、妃嬪に相応しい作法を学ぶべき場所のはずですから」

「正論ね」

中央の宮女は口角を上げ、ふふっと小さく笑い声を漏らす。

「言われてるわよ、李洲《りしゅう》」

「すみません、お嬢様。すぐにこの場を収めますので」

「そうしてくれると助かるわ」

小声でそう言葉を交わすと、今度は明確な敵意を向けてきた。そうか、もう人目につくからという理由だけでは戈《ほこ》を収められないわけか。

しかし沙夜は彼女たちのやりとりから、そこにはっきりとした上下関係があることを悟った。だから今度はこう訊ねる。

「失礼ですが、お名前をお聞きしても？」

「あら、私に訊ねているの？　困ったわね」

そう言って中央の宮女はころころと笑う。白一色の襦裙に身を包んでおり、一見したところでは両脇の宮女と身分の格差はないように思えるが……。

「私の名は〝蕎華《きょうか》〟。身分は正五品《しょうごほん》の才人。蕎才人《きょうさいじん》と呼んでくれたらいいわ」

「……失礼しました、蕎才人」

最悪だ、と沙夜は内心で舌打ちをした。正五品とは官職の地位の名称であり、すなわち彼女は下級妃に当たる身分を持っていることになる。

後宮再編時に新しく入ってきた妃候補ならば、等しくみな新入りだ。緑峰が認めていない以上身分の差はないはずだが、彼女は例外である。今の時点で才人という身分を賜っているということは、先帝時代に後宮入りした妃であるということだ。

つまり蕎才人は、いわゆる未亡人。

沙夜の父、燕帝の妃であった彼女は、緑峰に皇位が譲られてからも引き続き後宮内に残ることを選んだのだろう。だから未だに正五品の身分を保持しているのだ。となれば、これはもう単純ないじめなどではない。下級宮女の身に過ぎない沙夜が介入できる範囲を超えている。

「理解できたのなら、さっさと消えろ」

李洲と呼ばれた背の高い宮女が、虫でも追い払うかのように手を上下させた。

「そこの下女にはまだ話が残っているんでな。邪魔をするな」

「……参考までに、どういった内容かお聞きしても？」

聞いてどうするの？　蕎才人は一瞬そういう顔をしたが、袖で口元を隠しながら右に控える宮女に何かを耳打ちする。

すると今度は、やや背が低く、寸胴体型の宮女が口を開いた。

「簡単な話だ。そこの女の家は、お嬢様の実家に借金があるんだよ。なのに娘を後宮入りさせるなんて随分羽振りがいいじゃないかってね、そう問い詰めていただけさ。わかるだろ？　卑しい商家の娘が下働きでもなく後宮入りするだなんて、相当賄賂を積んだに違いないからね」

「いえ、問い詰めていただけには見えませんでしたが」

沙夜は視線だけ振り返り、壁に背を預けて身を震わせる小さな宮女に目を向ける。そばかすの残るあどけない少女だ。背丈は沙夜より少し低いくらいで、恐らく年下だろうと思う。可哀想に、すっかり怯えてしまっているようだ。

「お話に口を挟むつもりはありませんが、乱暴な真似はやめていただけませんか？」

「何ぃ？」

李洲が前屈《まえかが》みになって凄《すご》んでくる。

「おまえには関係のない話だろうが」

「関係はないですが、目に余ります。後宮宮女に相応しい行いとも思えません」

「どんな権限があって言ってんだ？」と右の宮女。

権限なんて、そんなものはない。行きがかり上こうなってしまっただけである。

それにきっと、もうすぐだ。

もうすぐこの状況は一変する。

「言っておきますが、あなたがたのためを思って言っているんですよ？」

「ああん？　どういう――」

「ふむ。何か揉め事のようだな」

そこに響いてきた声は、初秋の日射しのように穏やかな男性の声だった。

やはり来てしまったか、と沙夜は内心嘆息したい気分になる。

「誰か声を荒らげていたようだが？」

文官風の背の高い帽子を被《かぶ》った緑峰が、背後の通路から歩み寄ってくる。その後ろには衛士風の男達が付き従っていた。

恐らくは笙鈴が事情を伝えに行き、彼らをここへ導いたのだろう。揉め事に妃嬪が関わっていると判明した時点で、抜け目のない彼女がそういった行動に出ることはわかっていた。

そして緑峰が試験の様子を見に来ていることも事前に知っていたため、この結果に結びつくことは容易に想像できたのである。

「これはご機嫌麗しゅう、緑峰様」

優雅に襦裙の裾を持ち上げ、完璧な立礼をする蕎才人。その口調も表情も淡々としたもので、まったく動揺が見えない。さすがの面の皮だと感心する他ない。

取り巻きの二人も身分の差を悟ってか、慌てたようにその場に膝をついて頭を下げる。そこへすかさず緑峰が声をかけていく。

「君は……確か、蕎才人だったな。何を揉めていたのだ？」

「ふふ、大したことではありません」

彼女は微笑を浮かべつつ言う。

「私の実家の商いの関係で、少々訊ねたいことがありましたので」

「だが今は試験の最中だろう。私事を持ち込むのは止めて貰《もら》いたいものだな」

「ええ、本当に。主上の仰《おつしや》る通りです。申し開きも――」

「いいえお待ち下さい！　蕎才人に責はありません」

驚くべきことに、そこで李洲が腰を上げて異を唱えた。

「責められるべきはそこな下女の方です。穏やかに話をしていた我らに、先に食ってかかってきたのはそいつです。どうか懲罰を！」

慇懃《いんぎん》な態度をとりつつも、ありもしない事実をでっち上げて沙夜を罰しようとしているようだ。現皇帝を前にしてよく言うものだと思うが……。

しかしよく考えてみると、ここは彼女達にとっては譲れない局面なのかもしれない。ただ緑峰の仲裁に従っただけでは、試験の最中に揉め事を起こして妨害した事実が残るだけだ。その責をなすりつけるため、適当な相手として沙夜を選んだのだろうが、生憎それは愚策と言わざるを得ない。

「下女、というのはこの沙夜のことか？」と緑峰が確認する。

「そうです。そもそも下級宮女が、妃嬪である蕎才人に意見するなど不敬ではありませんか！　懲罰なしでは示しがつきません！」

「不敬、か。それはどうだろうな」

彼はそこで口角を上げ、ニヤリと笑った。

「まず、沙夜は下級宮女ではない。何故なら沙夜の父は、先代の燕帝だからな」

「は⁉」

次の瞬間、三人組が揃って目を丸くした。

緑峰に向けていた視線の先を沙夜に移し、それからたっぷりと時間をかけて、徐々に思考を巡らせるような顔つきになってくる。

「では……以前噂《うわさ》のあった、白陽殿の夜叉姫《やしやひめ》とは？」

「こいつのことだ。まあ公の話ではないが、沙夜の身分は本来公主《こうしゆ》。下級妃と比べてどちらが上かは語るまでもあるまい？」

一般的に皇帝の娘は公主と呼ばれ、その身分は正一品《しょういっぽん》相当とされている。

公主は有力豪族や他国の君主に嫁ぐのが役目であり、平たく言えば政略結婚の手段として重宝される存在だ。そのため上級妃と同等の身分を保持しているのである。

とはいえ、後宮の生まれでない沙夜に公主を名乗ることは許されない。当然ながら他国へ嫁がせる程の価値もない。それが厳然たる事実であるし、今頃三人組の脳裏にも同じ解釈が生まれているだろうが……。

ただし現皇帝である緑峰が明言してしまっては仕方がない。この場で皇帝の言葉を疑い、意見することこそ何よりも不敬である。まともに損得勘定ができるのなら退くべきだとわかるはず。

すると案の定、やがて蕎才人がこちらに向いて、ゆっくりと頭を下げた。

「――失礼いたしました、沙夜様。此度《こたび》のこと、伏して謝罪申し上げます」

主人の謝罪に続き、両脇の侍女らしき二人も慌てて腰を折り謝意を表す。

だがあまり一方的な形になるのは良くない。これ以上相手を刺激するのはまずいと考え、沙夜もすぐに頭を下げ返した。

「いえ、お互いに感情的になった部分があったかもしれません。この度のことは忘れていただければ幸いです」

「ご厚情に感謝いたします」

そう言って顔を上げた蕎才人は、一点の曇りもない晴れやかな笑顔になっていた。素直に凄いと感心する。緑峰に与えた悪印象という点においては、今後挽回《ばんかい》できるか怪しい程の影響があったように思えるからだ。だというのに、それを失点だと認識してすらいないような涼しい表情である。実に見事。

「それでは、私どもはこれで失礼いたしますね。緑峰様、また改めてご挨拶の機会を頂けましたら嬉しいのですが」

「ああ、わかった。いずれそちらへ赴くとしよう」

「よろしくお願いいたします。では」

と、あくまで優雅な所作で踵を返し、蕎才人は落ち着いた足取りで去っていく。少し遅れて侍女二人も、澄ました表情を取り繕ってそのあとに続いた。

「……さて」

一仕事終えた、というように肩の力を抜いた緑峰はその場で振り向き、壁際で縮こまっていたもう一人の宮女に視線を投げかけた。

そして、「大丈夫か？」と言って手を差し伸べる。

「え、え？」

今まで一言も発していなかったその宮女は、慌てふためいた様子で視線を彷徨《さまよ》わせている。どうやらいきなり皇帝が現れたせいで、これまで放心状態にあったらしい。

「だ、大丈夫です！」

そこでようやく我に返ったように目を見開き、みるみる顔を赤面させつつ、恐る恐るといった感じで震える手を伸ばして緑峰の掌の上に載せた。

「お見苦しいところを見せてしまい、もっ、申し訳ございません……！」

真っ先に謝罪の言葉を口に出した宮女に、緑峰は首を横に振って「名前は？」と訊ねる。

「美友《みゆ》、と申します」

「そうか。確か御用商人の娘だったな。一度こういった問題が露見した以上、蒿才人が表立って何かをすることはないだろう。それでも困ったことがあれば、いつでも私を頼るといい」

「あ、ありがとうございます！　身に余る光栄です！」

茹《ゆ》で上《あ》がったように顔を染め、こくこくとうなずく彼女。

沙夜はといえば、何となく面白くない気持ちになっていた。緑峰という男はいつもこうなのだ。簡単に宮女の手を握ったり、微笑みかけたりするものではない。

彼は誰にでも同じように優しくできる人間だ。でもそれは裏返してみれば、誰にも興味がないということなのではないか？　そんな正体不明の苛立ちを覚えたが、もちろん口に出すことはない。

それはともかく、「助かりました緑峰様」と沙夜も一応礼を言っておくことにした。

すると、

「礼なら彼女に言うんだな。……何と言ったか」

「笙鈴です。いい加減に名前を覚えてあげて下さい。白陽殿で何度も顔を合わせているんですから」

「わかったわかった。助けてやったんだから、ちゃんと結果は出すようにな」

それから彼は一度厳しい眼差《まなざ》しをこちらに向け、「絶対に首席になれよ」と念を押してきた。

いい加減、しつこいと思う。しかし沙夜が言葉を返す前に、その場に息を荒らげながら飛び込んできた者がいた。

桃色の襦裙を羽織った年嵩《としかさ》の女官だ。多分、試験官の一人だろう。

「も、申し訳ございません陛下。何か失礼がありましたでしょうか……」

「いや、大したことはない」

緑峰は女官に応対しつつ、沙夜と小柄な宮女に向けて軽く手を振る。ここは任せて試験を続けろという意味だろう。

言われて気付いたが、制限時間までは後少し。この僅かな間に、未だ平安を取り戻せていない心持ちで詩を作らねばならないなんて……。

今日は厄日かもしれない。近くで呆《ほう》けた表情のまま立ち尽くす宮女に、「大変だったね」と一声かけると、さっさと足を進めてその場を離れた。

そして誰もいない建物の隙間に腰を落ち着けると、やがて思索の海に埋没していったのである。

◇

夕暮れ時になって桔梗宮を訪れた皇太后——紫苑《しおん》は、供をする侍女を振り切るような速度で廊下を歩き、執務室の扉を勢いよく開けた。

「採点はどうなっておる？」

開口一番そう訊ねると、奥の執務机の向こうで誰かが立ち上がる。

彼女の名は瑞季《ずいき》という。元貴妃の藍洙《らんず》妃に仕える侍女の長だ。しかし後宮再編時の人事異動の折に、後宮女学院の副学院長及び筆頭教官に就任していた。ちなみに学院長は紫苑である。

「皇太后様。わざわざご足労いただきまして、申し訳ありません」

「よい。妾《わらわ》も結果が気になっておったからのう。それでどうじゃった？　やはり首席は――」

「今のところ、沙夜のようでございますね。白陽殿の」

何やら苦笑交じりに答える瑞季。

「午前中に行われた筆記試験のみしか採点しておりませんが、既に大差がついております。あと二日残っておりますが、この結果が覆るかどうか……」

「ふむう。やはりそうか」

まずまず順当、と言ったところか。そう考えつつうなずいていると、ようやく追いついてきた侍女たちが部屋の隅から椅子を運んできた。そこに腰を下ろしつつ再び口を開く。

「まあ予想できたことじゃな。そもそも沙夜が後宮入りした経緯からして」

「科挙を受けにきたそうですね。女の身でありながら」

呆れた表情を隠そうともせずに、瑞季は言う。

「州試において、史上最高得点を叩き出したとか……。とても信じられないような話でございます。科挙に比べれば、学院の入学試験などたかが知れておりますので」

そもそも科挙という試験の難易度は、想像を絶する程に高い。

五十少進士《しんし》——年齢が五十に達するまでに合格できれば御の字だとすら言われているのだ。名実ともに綜国で最難関の登用試験である。

沙夜は弱冠十五歳にして、その予備試験を突破したというのだから驚きだ。彼女が市井の出であることを考えれば、歴史に残る快挙と言ってもいい。

「ふふ……。うちに鳥を捕まえにきたときには、どこの山猿が紛れ込んできたのかとすら思いましたが」

瑞季は口元に手を当てて上品に微笑む。言葉とは裏腹に、沙夜に対して好意を持っていることが窺えた。

沙夜は彼女の主である藍洙妃の命を救っている。それが理由だろう。

「おお、そういえば沙夜に礼儀作法を教えたのは、おぬしじゃったな」

「はい。短い期間ではありましたが……。どうにも物覚えが悪く、とても手のかかる生徒でした」

「不思議なものよな。四書五経は完全に暗記しておると言っておったぞ？」

「知識と実践とは違うということでしょう。そもそもあの者には、やんごとなき方々への敬意が足りません」

「綜国の威光が届かぬ程の田舎の出ではあるからな。あれの母も大概じゃったぞ」

「……そういえば、不思議に思っていたことがあるのですが」

小首を傾げた姿勢で、瑞季は訊ねてきた。

「四書五経を暗記しようにも、よく書物を手に入れられたものだと思いまして。沙夜の故郷という嵐山《らんざん》の里とやらは、国境に程近い場所にある寒村だと聞きましたが」

「ああ、それはな」

紫苑は含み笑いで答える。

「あやつの母である陽沙が、後宮を出ていくときに土産として持って行ったのよ」

「巻子本《かんすぼん》をですか？　かなりの重量になるかと思われますが」

「他にも何やら大量に風呂敷《ふろしき》に詰め込んでな。自分より大きなそれを担いで、歩いて城門から出ていったよ。誰にそう言っても信じがたい話だと言われるがな」

かっかっかと声を上げて笑う紫苑。彼女にとって陽沙は同期であり、好敵手であり、そして親友と呼べる関係にある人間だった。

「沙夜の豪胆さは、母親ゆずりというわけですか。納得しました」

「まあな。……ただし、嵐山という地の特殊性も少しはあるであろう」

「特殊性、ですか？」

少し思わせぶりに言った言葉に引っ掛かりを覚えたのか、瑞季は興味を惹《ひ》かれたように目を細めた。

ここだけの話じゃがな、と前置きをして、そこからは声を潜める。

「嵐山というのは隠語のようなものでな。……正しくは、崑崙山《こんろんざん》という」

するとそれを聞いた瞬間に、瑞季の顔色がさっと変わった。

「崑崙山？　太古の女神が治めるという霊峰ではないですか。仙人に至ったもののみが登ることを許されるという」

「その麓にある里が、陽沙と沙夜の出身地じゃ。簡単に言えば、仙人くずれの隠れ里じゃな」

「……すみません。少し頭痛がしてきました」

初老の域に差し掛かっているはずの彼女は、開校準備の疲れからか血色の良くない頬をさらに青くしつつ、掌を己の額に当てる。

「驚かせてすまんな。じゃが妾には皇太后としての公務があるので、女学院の実質的な運営はおぬしに任せることになる。だからこそ、ここで話しておくべきと思ったのじゃ」

「……出来うることならば、もう少し早く聞いておきたかったと思います。であれば、こんな役を引き受けなどしませんでしたのに」

瑞季は露骨に顔を歪《ゆが》めながら、重い吐息をその場に放った。

「今からでも、藍洙様にお願いできませんかね？」

「さすがにそれは酷じゃろう」

藍洙は春に出産を終えたばかりだ。しかも初めての御子である。さすがに女学院の運営に関わらせるわけにはいかない。

「ですがこの後宮再編時に、乳母となれる者を呼び寄せています。藍洙様ご自身は、恐らくまったりされているかと」

「それでも可愛い盛りじゃろうに。御子の傍《そば》にいられるのは今だけじゃ。大目に見てやるがよい」

紫苑は同情的な気分になりつつそう言った。

市井の子とは違い、御子は父母のものではない。国家の所有物である。我が子可愛さから公務に私情を持ち込み、国政を歪ませた者など枚挙に暇《いとま》がない。そんな理由から、御子が三歳を過ぎれば別々の宮殿で暮らすのが慣習となっている。

藍洙が我が子と一緒にいられる時間は短い。だからこそ皇太后である自分が学院長を兼任するという選択をした。権力が一極に集中することは忌避されると知っていながら。

「……藍洙の子はどんな様子じゃ？　父と母、どちらに似ておる？」

「どちらにも」

質問の意図に気付いたのか、瑞季の目元が少し優しくなった気がした。

紫苑の息子である曜璋と、藍洙の産んだ御子は、いずれ皇位継承を巡って争う可能性がある。それを避けるためのもっとも確実な手段は、暗殺だ。

そういった事情から、藍洙に仕える侍女達は紫苑のことを、この後宮内で最も危険な相手として見ているはずなのである。

もちろん紫苑にそんなつもりは毛ほどもない。だがそれでも、この目で直接御子を見ることは叶《かな》わないだろう。

「藍洙様ならば、良しとされるかもしれません。あの方の心根は未だ純真無垢なままですから。案外、笑顔で子供を抱いて欲しいと仰るかも」

「それはそれで困るのう。……まあ、やめておくとしよう」

紫苑は目を閉じて、ゆっくりと首を横に振った。

「何事も平穏無事が一番じゃ。妾達がどのように思おうと、それを逆手にとって波風立てようとする輩《やから》がおらんとも限らん。……それに、これからしばらく女学院の運営だけで手いっぱいになるじゃろうしな。お互いに」

「因果なものですね」

瑞季はそう言って軽やかに笑い、「ひとまずは入学試験を無事に終えることが肝要でしょう」と続ける。

そうじゃな、と紫苑は返し、微笑みを返した。

既に報告は受けているが、早速今日、生徒間で揉め事があったそうだ。

沙夜が当事者として関わり、仲裁したのは他ならぬ緑峰だと聞いている。実に頭が痛い話だ。この分では明日も何か起こりそうである。不安が拭えない。

とはいえその程度は覚悟の上だ。あんな布告を出してまで、大陸中から才ある女子を集めたのである。ならば問題なんぞ起きて当然。困難を避ける手段など元より存在しない。

焼けた鉄は鎚《つち》で叩くほどに硬くなる。それがこの国の良き未来――ひいては我が子の幸福に繋《つな》がるというのならば……。

この先は手加減も容赦もせず、ただ求められた役割をこなすだけだ。そんな決意を胸の内で固く握りしめる紫苑であった。

◇

入学試験、二日目の朝が訪れた。

大陽がまだ目覚めきらぬうちに寝床を出て、肌を突き刺すような冷水で顔を洗い、白陽殿の裏口を抜けて竹藪《たけやぶ》を抜け、河原に突き当たるまでまっすぐ歩いていく。

そこが白澤の弟子となった者の修練場である。姉弟子である天狐は沙夜よりも早く到着しており、いつものように大岩の上に座って欠伸《あくび》をしていた。

「遅い。晨曦《しんぎ》は？」

「もうすぐ来ると思います。出てくるとき、寝所からごそごそと音がしていたので」

燎の名家の姫であった晨曦は、白陽殿で暮らすようになるまで、身の回りの世話の全てを侍女に任せていた。その習慣がまだ抜けないらしい。

いろいろあって沙夜の弟子となった彼女だが、〝光線過敏症〟という珍しい病に肌を侵されており、当初は日光の下で活動できないという弱点を抱えていた。四半刻《しはんとき》も外を出歩けば、たちまち肌が火傷《やけど》をしたように真っ赤になってしまうのだ。

そういった理由から、日が暮れた頃に起きて夜中に活動し、日が昇れば寝るという生活習慣が常態化していたのだが……いつまでもそのままではいられない。

緑峰に心底惚れている彼女にとっては、後宮女学院に通わないという選択肢はない。だからどうにか外出できるようにならなければならないが、光線過敏症の症状は彼女の内に眠る力を制御できれば緩和されていくそうだ。そんな経緯からこうして、日射しの弱い早朝に修行を行うようになったというわけである。

「――あ、来ましたね」

「お、おはようござい……ますぅ……」

ふらふらとした足取りで現れたのは、赤みがかった金髪を揺らす眠たげな美少女だ。その肌は雪のごとく白く、目は大きく鼻梁は高く、芯の強そうな顔立ちだが花のような可憐さと儚さをも兼ね備えている。非の打ちどころのない美形だと思う。

「たるんでる。沙夜と一緒に川に入りなさい」

きっ、と眦《まなじり》を決して言う天狐に、「はぁい」と返事をして沙夜達は岸辺に向かう。

秋も熟したこの時季、泰山は紅葉の見頃である。そんな季節の水が尋常な温度であろうはずもない。靴を脱いだ爪先をゆっくり水の中に沈めていくと、体の芯をじんと伝わってくる鈍痛のような冷気。束《つか》の間《ま》、意識を放り出しそうになった。

「目は醒《さ》めた？」と天狐。

「はいぃ」と返す沙夜。

晨曦も無言でぶるぶると体を震わせている。彼女に天狐の声は聞こえていないので、返事ができなくても仕方がない。

彼女は女神〝魃《ばつ》〟の遠い子孫にして、その力を受け継いだ者だ。当然、常人よりは妖異を感じ取る能力に長《た》けているが、神獣である天狐の姿を見られる程に強くはない。よって彼女に天狐は見えず、その教えを聞くことも叶わない。だからこうした修行の際には、沙夜がその都度通訳して聞かせてやる必要があるのだ。

とはいえ、この渓流で行う鍛錬は毎朝恒例のもの。今さら詳しい指示などなくとも、何をするかは晨曦にもわかっているはずだ。

「打ち込み、始め。沙夜から」

「はい。いやぁっ！」

大きく声を上げ、手に持った細長い木の棒——棍《こん》を勢いよく振り下ろす。晨曦も棍を振ってそれを弾き、一度構え直してから沙夜に反撃する。

最初はその場から動かずに同じ攻防を繰り返すが、次第に間合いをとったり突進技を使ったりすると、途端に危険度が上がり気が抜けなくなる。

何しろ足は水中。川底は浅いとはいえ、裸足《はだし》で石の上を歩いているのだから、足場を選ばなければ痛みも走る。そんな状態での棒術の鍛錬はかなり神経を使う。二、三合も打ち合えば眠気なんてどこかに吹き飛んでしまう。まかり間違って転んで全身水浸しにでもなろうものなら、この後半刻程はずっと寒さに震えながら鍛錬を続けなければならない。

「——やめ。ちょっと休憩」

ある程度打ち合ったところで天狐がそう告げた。沙夜は晨曦にもそれを伝え、川沿いの岩の上にすとんと腰を下ろす。

「あら、今朝も来ていますわよ」

隣に座った晨曦が耳打ちしてきた。何が来ているのかと振り向いてみると、高台の木の幹に隠れるようにしてこちらの様子を窺っている影があった。

白と黒の縞《しま》模様。子貘豹だ。

あの子は最近、沙夜達の様子を遠巻きに見に来るようになった。そして朝の鍛錬が終わるとそのまま白陽殿についてきて、朝食のご相伴に与《あずか》ろうとする。

「おいで、おいで」

晨曦が声をかけながら手招きするが、子貘豹は寄ってこようとはしない。くりくりとした透き通った黒目でただこちらを眺めているだけだ。

ただし、警戒心が強いというわけではない。食事中は人に撫でられても平然としている。だから多分、濡《ぬ》れるのが嫌なだけだろうと思う。

「……ああ、可愛いですわね」

貘豹に相手にされず、寂しそうな目をしていた晨曦が、ややあってそう零した。

「叶うことなら、あの豊かな毛並みに顔を埋めてすりすりしたい……」

「それはさすがに嫌がると思うけど」

あまりべたべた抱きつかれるのは好きじゃないようだ。この間、春鈴に抱きつかれたときにも身をよじって逃げようとしていたし、たまたま居合わせた緑峰が触ろうとしたら牙を剝《む》いて威嚇していた。

「ううう。わたくし今、可愛いものに飢えているのです」

と、続けて晨曦が吐露する。

「まだ〝狐《こう》〟の姿も見えませんし……なんかこう、ふかふか柔らかいものに触りたくて仕方がありません。禁断症状です」

掌をわきわきさせながらそんなことを言うので、「どうどう」と宥《なだ》めておく。

狐とは、晨曦がかつて飼っていた青毛の狼の名だ。現在は肉体を捨て去り、霊獣となってしまったため、彼女にはその姿が見えていない。

実はこの毎朝の鍛錬時にも晨曦の傍に控えていて、心配げな顔で見守っていたりもするのだが、彼女がそれに気付くことはない。

ただ天狐によると、女神の力をその身に宿す晨曦ならば、そう時間をかけずとも狐の姿が見えるようになるとのことだ。再会が果たされたそのときには盛大にお祝いしてやろうと沙夜は密《ひそ》かに企《たくら》んでいる。

「そういえば」

そこであることを思いついた沙夜は、大岩の上でくつろぐ天狐に視線を向けた。

「天狐さんって、狐の姿に変化したりはできないんですか？」

「……何を急に」

「いえ。ハク様は術を用いて霊格を下げ、猫の姿になれるじゃないですか。天狐さんには同じ事ができないのかと、ちょっと気になったんです」

「できないはずがない」

上体をすっと起こして、何やら胸を張る天狐。

「師父のことは尊敬している。が、既に師を超えている自負はある。師父ができるのなら、当然できる」

「じゃあ一度やってみてもらえません？」

「むう」

そろそろ秋も終わりだし、冬毛の狐とか尻尾がもこもこで可愛らしいに違いない。晨曦だって目に見えない神獣に教わるよりは、言葉はわからなくても可愛いものに教わりたいのではと思う。

とはいえ駄目元の提案だ。天狐はいつも無表情で感情表現が薄く、何を考えているのかわからないことが多い。だから今も本当は激怒しているかもしれない。ここまでの話の流れから、何を思って沙夜がこんな提案をしてきたのかはわかっているはずだからだ。

「……仕方ない。とくと見なさい」

どうやら怒ってはいなかったようである。天狐はそう言いつつ右手を振り上げると、口元で何か呪文のような言葉を小さく呟いた。

すると数瞬後、そこにいたのは、朝日に黄金色の毛並みを輝かせる小さな獣。

ごく端的に言うと、とても可愛らしい子狐《こぎつね》だった。

「う、うわあああああぁ！　可愛いですうぅ！」

直後、見たこともない程の俊敏さで立ち上がり、飛び跳ねるようにして駆け寄っていく晨曦。あの忌まわしき大猿を彷彿《ほうふつ》とさせる身のこなしだった。

「触らせて下さいぃ！　ちょっとだけ！　ちょっとだけぇ！」

「だから嫌だったのに」

ちょっとだけと言いながら思い切り抱きつこうとしている晨曦。その彼女の額を小さな前足で押さえ、辟易《へきえき》とした顔つきになる天狐。

まあ確かにすごく可愛らしい。全体的に毛がふわっとしていて艶々で、子狐らしいあどけなさと丸っこさがある。

晨曦の感性には余程刺さるものがあったらしく、もはや興奮状態だ。だけど川沿いでそんな主人の姿を見ていた狐は、顎を落として驚愕《きょうがく》の表情。自分の立場を奪われた哀しみからか、何だか体を小刻みに震わせ始めている。可哀想なので、もうやめてあげて欲しい。

「――はい終わり。休憩も終わり」

そう言って天狐は晨曦をはね除《の》け、元の少女の姿に戻った。同時に晨曦は子狐を見失い、きょろきょろと辺りに視線を彷徨わせる。

「まだまだ元気いっぱいのようだから、今日からもう少し厳しくする」

いつも通りの冷淡な視線の内側に微《かす》かな怒りを宿し、天狐はそう告げた。どうやら晨曦の行いのとばっちりで、沙夜の修行まで厳しくなることが決定してしまったようである。

ただ、そんなことより何より、気になって仕方がない事実があった。

先程目にした子狐姿の天狐は、確かに愛らしい容姿であった。尻尾もふわふわと豊かな毛に包まれており、とても柔らかそうに見えたのだが……。

一般的に、天狐とは千年以上の時を生きた妖狐《ようこ》がなる存在であり、尻尾の数は四本だと書物にも記されている。なのに、明らかにそれ以上の数だったのだ。天狐の尾は八本か九本に枝分かれしていたように見えたのである。

「……何？　何か文句でも？」

「いえいえそんな。滅相もない」

厳しい視線が飛んできたので、咄嗟《とっさ》に顔を背けて答える。

妖狐にとって尾の数は、妖力の強さの顕《あらわ》れであると言われる。ただし妖狐には善狐と悪狐の分類があり、善狐は尾の数が少ないほど神に近い存在となり、悪狐は尾の数が多いほど強力な存在となるそうだ。

となると、天狐は悪狐寄りで妖力は最上級。あの伝説に謳《うた》われる傾国の美女、白面《はくめん》金毛九尾《こんもうきゅうび》の狐と呼ばれた〝妲己《だっき》〟と同じくらいなのかもしれない。

「……ほら晨曦、休憩終わりだって。鍛錬を続けるよ！」

そんな底知れぬ姉弟子に逆らう気概など、当然ながら毛ほども備えていない小心者の沙夜であったので、速やかに話を流して修行を続行した。

白陽殿の食卓は、今朝も賑《にぎ》やかだ。

沙夜がここへ来た当初のことを思えば、増えたものである。今では食卓も一つでは足らず、食堂にて二つの組に分かれて朝食をとっているくらいだ。

沙夜の卓の向かい側には父である燕晴。その隣には白猫姿のハク。そして沙夜の隣の席には今、例の子貘豹が座っていた。

「おい小僧。それは我が目をつけていた包子だが？」

「？」

子貘豹はこてんと首を傾け、「それがどうしたの？」とでも言いたげだ。そもそも包子は食卓の中央におかれた大皿に大量に積まれており、どれが誰の分ということもない。

「あの、ハク様。そちらの方が美味しそうですよ？」

「む？　そうか？　なら今回だけは許してやろう。我は寛大だからな」

父がそう取りなすと、ハクはすぐに納得して別の包子に手を伸ばした。その程度のこだわりしかないのなら、揉めるような発言をしなければいいのに……と思うが賢明な沙夜は余計なことは言わない。

包子の中身は、豚肉と東洋人参《にんじん》を炒《いた》め合わせて甘辛く味付けをしたものだ。よく練り上げられた生地は絶妙の加減で蒸《ふ》かされ、ふわふわあつあつに仕上げられている。

それを汁物とともに食べると、がっつり満足感のある朝食になるのだ。

だからハクの食指が動いたのもわかるが、言葉が通じていないだろう子貘豹と食べ物を取り合わないで欲しい。神獣なのだから。

「それにしてもよく食べるね、その子」

隣の卓から首だけ振り向いて、笙鈴がそんなことを言う。

「ああそうか。そろそろ冬眠の時期だもんね。食い溜《だ》めしてるってわけか」

「確かにそれはあるかも」と沙夜。「ハク様、貘豹はいつ頃冬眠するんですか？」

「しないぞ。冬眠など」

大きな包子を丸ごと一つ食べ終わったところで、前足をペロリと舐めながらハクは答える。

「貘豹は冬眠しない動物だ。竹を食べられるよう環境に適応した種ではあるが、竹にはそもそも冬眠の間の生命機能を維持できるだけの栄養はない。だから冬の間も貘豹は食べ続けなければならん。まあ竹も年中生育する植物だからな、そこで帳尻が合っているというわけだ」

「なるほど……」

知れば知る程に特殊な生態をもつ動物なのだと実感する。とりあえずこの子貘豹とは、冬の間も一緒にいられるというわけか。

今や笙鈴や春鈴だけでなく、晨曦や父も可愛がっているし、共に食卓を囲んでいる姿も恒例のものとなった。冬の間はお別れ、となると少し寂しいような気がしていたし、朗報ではないかと思う。

笙鈴に向かって「冬眠しないんだって」と声をかけると、「だったらさ、そろそろ名前くらい決めたら？」と返された。

「もうほとんど白陽殿に棲みついてるようなもんだし、名前がないと不便でしょ？」

「確かに、一理あるね」

「春鈴はね、熊熊《ゆうゆう》って呼んでるよ！」

笙鈴の向かい側の席から、十歳の少女が元気よく手を挙げて言う。

白陽殿にやってくる生き物と一番に仲良くなるのは、いつもこの春鈴だ。春に霊鳥がやってきたときも、傷ついた女王蜂を保護したときにも彼女が面倒を見ていた。

「なら熊熊でいいか」

と、沙夜はにこやかに答える。確かに外見は熊に似ているが、それだけで熊熊なんて名前、安直ではないか？　ちょっとどうかとは思うが、そう言って春鈴の顔を曇らせるくらいなら飲み込むことを選ぶ。

「――ふむ。何やら話がまとまったところのようじゃの」

と、そんな声が聞こえてきたのは本殿の方向だった。

続けて耳に届いた衣擦《きぬず》れの音に振り向いてみれば、見るも豪奢な衣を羽織った美し過ぎる女性がこちらに歩み寄ってくる。

牡丹《ぼたん》の刺繍《ししゅう》が施された繻子《しゅす》の背子《はいし》をふわりと着こなし、薄紫の被帛《ひはく》をなびかせながら歩く姿はさしずめ地上に降りた天女のようだ。それが数人の侍女を引き連れてまっすぐに向かってくるのである。

現皇太后、紫苑だ。そう認識した瞬間に沙夜は席を立ち、笙鈴と春鈴も揃って床に膝をつく。しかし……。

「ああ、食事を続けてよいよい。約束もなしに立ち寄ったのは妾の落ち度ゆえ」

にこやかに言って、彼女は軽く手を振った。

「用件も大したことではない。今日の試験も頑張るよう、ちょっとした激励の言葉をかけるためと……。のう沙夜、以前おぬしにした話を覚えておるか？　日焼け止めの薬をおぬしが作ったとき、うちの商家で扱ってもよいかと訊ねたろう？」

「はい。そんなこともありましたね」

お言葉に甘えて席に座り直したところで、紫苑は何やら意味深な笑みを浮かべて口を開く。

「あれな、夏場にたくさん売れたようじゃぞ」

「え、本当ですか？」

「うむ、本当じゃ。それでな、うちの番頭が二匹目のドジョウを求めて、他に商品化できそうなものはないかと訊ねてきよったのよ。何ぞ思い当たらんか？」

「えっと……そうですね」

わざわざこんな早朝に紫苑が足を運んでくるだなんて、余程の事態が起きたのかと身構えたが、どうやら杞憂《きゆう》だったらしい。

安堵《あんど》しつつ、沙夜は視線を天井に向けて考える。

ハクの持つ無限の知識を書き写した〝白澤図《はくたくず》〟には、この世のあらゆる事象が書き綴られている。なので商品化できそうな心当たりは、枚挙に暇がない。

ただし、白澤図に記された製法をそのまま伝えればいいというものでもない。商品として提供するのなら、少なくとも沙夜がその手で試作してみないといけないだろう。それは少々面倒だと感じる。材料を取り寄せなければならないからだ。

と、そこまで考えて一計を案じた沙夜は、紫苑に向けて言った。

「なら良い物があります！　それは――」

続けて放ったその言葉には、紫苑だけでなく笙鈴や春鈴も目を丸くした。

しかし父とハクは淡白な反応を見せただけだった。なのできっとその提案は、許容範囲内のものだったに違いない。

ちなみに熊熊は変わらず食事に没頭しており、紫苑の登場から以降もまったく手を止めることもなく、ただひたすら包子にかぶりついていた。

ちょうど朝食の片付けを終えた頃に紫苑が白陽殿を去っていき、その後を追いかけるような形で門を抜け、笙鈴とともに外に出た。言うまでもなく二日目の入学試験を受けるためにである。

すると、思いがけぬ出会いがあった。桔梗宮の傍を流れる渓流を跨《また》ぐように設けられた朱塗りの橋の、その欄干に見覚えのある少女が腰かけていたのだ。

「——あ、おはようございます」

沙夜達の接近に気付いた少女はそう言って頭を下げる。

それは誰あろう、昨日あの三人組に責められていた小柄な宮女、美友だった。

「一言お礼を言いたくて……。あの、昨日は本当にありがとうございました。沙夜様、笙鈴さん」

「い、いやいや。そんなの全然いいんですよ」

沙夜は慌てて彼女に駆け寄りつつ、「とりあえず頭を上げて下さい」と声をかける。

「様付けなんてしないで下さい。わたしなんてただの下働きの宮女ですし」

「いえ、でも公主様だって」

「正式に認められた身分じゃないですから。本当に、敬語も止めて下さい」

「そ、そうですか？」

少女はそこでようやく顔を上げ、遠慮気味に沙夜の目を見た。

「あの……申し遅れました。私は美友といいます」

「あ、沙夜です。よろしくお願いします。こっちは笙鈴……って知ってますよね」

反射的に自己紹介を交わしたが、最初に名を呼ばれていたことに気付く。

「……ええと、もうすぐ試験が始まる時間ですし、歩きながら話しません？」

「そうですね。わかりました」

と、にこやかに了承した彼女と並んで歩く。笙鈴は何故か少し距離をとったようだ。会話をするのは沙夜に任せたという意志表示だろうか。

試験会場へと向かいつつ、こちらから口を開く。

「あれから大丈夫でしたか？　報復にあったりは……」

そう訊ねたのは、彼女が聞いて欲しそうな顔をしていたからだ。

あと、ほぼ初対面なので、黙っていると空気がもたないという理由もあった。

「いえ、それは大丈夫です。あの方達とは別の寮ですし」

はっきりとした口調で美友は答えた。この様子なら心配はなさそうだ。

後宮宮女の主な仕事は、妃達の身の回りの世話である。誰かの専属侍女でなくとも、各宮殿に振り分けられていろいろな雑用をこなすことになる。新入りであればある程、たらい回しのような形でだ。だから現状は接点がないのだろう。

「ただ、うちの寮の尚食《しょうしょく》の中に、蕎才人の実家の関係者がいるらしく」

「もしかして嫌がらせとか？」

「ええ、まあ……。ちょっと私だけ食事の量が少なかったりはしました」

力のない笑い交じりにそう答える彼女。全然大丈夫じゃなかった。

下級宮女に与えられる食事は、それでなくとも貧しいものだ。以前、紫苑に直訴した際に改善するという約束を取り付けたが、あれから沙夜は白陽殿付きの宮女になってしまったため、本当に改善されたのかどうかは定かではない。

まあ予算の関係もあるだろうし、劇的に豪華になってはいないだろうなとは思う。

「酷くなるようなら、本当に緑峰様を頼った方がいいと思いますよ。何なら、わたしから伝えてもいいので」

食事という行為の楽しみは、沙夜の人生において最上位を占めるものだ。ひもじい思いだけは耐えられない。それは自身に降りかからずとも同じこと。

「でも、うちの家が借金をしているのは事実ですので」

どこか遠い目をしながら答える美友。

「耐えられるうちは、耐えるつもりです。……これでも蕎才人には感謝しているんですよ？　私が後宮入りできたのも、彼女の商会の推薦があってのことですし。都の店に書物を卸すこともできるようになりましたし」

「……え。書物？」

ちょうど桔梗宮の門をくぐったところだった。自嘲気味に紡がれる美友の言葉の中に引っ掛かりを覚えた沙夜は、その事実について追及する。

「都に書物を卸しているんですか？　美友さんのお家《うち》は」

「ええ。そうです。書物を主に取り扱う商家でして」

「じゃあ美友さんも、お好きなんですか？　書物」

「え……？　まあ跡取りとして育てられましたから、それなりには」

「それは――僥倖《ぎようこう》ですね！」

その場で立ち止まり、勢いよく美友の方へと両手を伸ばすと、彼女の手を包み込むようにして握った。

嬉しかったからだ。実はここ最近、沙夜は読書友達を作れないかと考えていたのである。

「あの、いきなりでびっくりするかもしれませんが――」

勢いづいた沙夜は止まらない。

白陽殿の書斎には、白澤のもつ知識を歴代の弟子がしたためた本、白澤図が大量に収められている。何しろ千年以上前から書き綴られた書籍群だ。書としての形態も、木簡と巻子本、冊子が入り交じっており、およそ数千にも及ぶ数が存在する。

けれど書架にあるのはそれだけではない。既知を憎み未知を愛すという白澤の習性がため、市井にて販売されている本も少なからず保管されているのだ。

そして沙夜の最近の楽しみは、日課としている白澤図の読み込みの合間に、市井で書かれた本に目を通すこと。しかも物語性のあるものに嵌《は》まっていた。

「もしよろしければ、今日白陽殿に泊まりにきませんか？」

「えっ？」

あからさまに驚いた顔をして固まる少女。さすがにいきなり過ぎたか。

けれど沙夜も退けなかった。せっかく見つけた同志かもしれない相手なのだ。

現在の白陽殿には、物語について話せる相手は存在しない。笙鈴は毎日忙しそうにしていて書物を読む暇などなさそうだし、春鈴はまだ幼すぎる。

離れに住んでいる晨曦は結構読める方だし、暇も持て余しているのだが、少々好みが異なっているのが困りものだ。血湧き肉躍る戦記ものを愛する沙夜に対し、晨曦が好きなのは恋愛について書かれたもの。しかも詩的な描写で構成されたものが多い。

そういうのを読むと眠くなったり体が痒《かゆ》くなったりするので、同じ嗜好《しこう》をもつ同志を求めてやまないというわけなのである。

「寮で嫌がらせをされているそうですし……白陽殿のご飯はとても美味しいですよ！　わたしが保証します！」

「は、はぁ……」

ちょっと引いているようだが、明確な拒絶の意思は感じられない。

押せば落ちる。そう確信した沙夜は、試験会場までの道すがら必死の思いで説得を繰り返した。

すると。

「――では、ご迷惑でないのなら」

「もちろんです！　全然迷惑なんかじゃないですから！　何だったらしばらく泊まっていって下さい！」

そこでちらりと笙鈴の顔色を窺ってみたが、「勝手にすれば」と言わんばかりの無表情である。食事の用意をしてくれる彼女がこの反応ならばいける。そう判断する。

あまり長期の外泊となると所属の問題で一問着《ひともんちゃく》あるかもしれないが、そうなったら緑峰に頼んで何とかしてもらおう。目的のためなら手段を選ばない沙夜は、最終的にそこまで考えるようになっていた。

そうだ。権力者からの覚えをめでたくするべく頑張っているのは、こういうときのためではないか。緑峰の頼みを聞いて全力で試験に臨んでいるのだから、この程度の我がままくらいは構わない。そうに違いない。

次第に弾むような足取りになっていく沙夜の脳内には既に、新しくできた読書友達と過ごす、優雅な秋の夜長の情景が映し出されていた。

試験を終えて白陽殿に帰る頃には、とっぷりと日が暮れていた。

秋が深まるにつれ夜を身近に感じるようになったと実感する。だから新しく友達になった美友と手を繋いだまま殿舎の門をくぐった。すると先に戻って夕餉の準備をしていた筌鈴が、何やら鋭い視線を向けてくる。

「――本当に連れてきたの？　呆れた」

さらに耳元に口を近づけてきて、内緒話のように囁いた。

「下手したら恨まれるかもよ？　蕎才人に敵対したって思われる」

「大丈夫だよ。わたしは平気」

「寝所はどうすんの。客用なんて掃除してないけど」

「それも問題ない。わたしの部屋に泊まってもらうから。わたしは毛布と椅子があればどこでも寝られるし」

と、沙夜はやや早口になりながら返す。

そして咎《とが》めるような笙鈴の手を振り払い、美友に敷地内を案内することにした。

「ここが白陽殿……。何だかすごいね」

試験の合間にも何度か言葉を交わしたことで、美友は沙夜に対して敬語を使わなくなっていた。

だから沙夜も同じように親しみをこめて答える。

「すごいのはここからだよ。あっちが書斎ね」

そう言って再び手を引き、彼女を書斎へと連れていく。

壁一面にずらりと立ち並ぶ書架には、おびただしい数の巻子本が収められている。

他には簡素な机と、安楽椅子が置かれているだけの部屋だ。

そして椅子に敷かれた毛布の上で寝息を立ててるのは白い猫。ハクが霊格を落とす術を用いて変化した姿だが、どうやら深い眠りについているようである。

この時間に起きてくることはないとあらかじめ知っていたので、実は予定通りだ。

「――本当に、すごい」

美友はきらきらと瞳を輝かせ、周囲を取り巻く書籍群に向けてぐるぐると視線を巡らせている。実にいい反応である。

子供の頃から書物を扱う商家で過ごしてきたのだ。彼女もまた、沙夜と同じく本への愛と情熱を胸に秘めているに違いない。

「何が読みたい？　わたし、一通りは目を通してるから、何でも答えられるよ」

「うーん、そうだな……」

彼女もすっかり緊張を解いた様子で、実に楽しそうだ。昨日はあんなに張りつめていた表情が、今はとても柔らかいものになっている。

それから眠りにつくまでの間、沙夜は控えめに言って最高の時を過ごした。気の置けない友と好きな本について語ることが、まさかこんなにも楽しいだなんて。想像はしていたが、間違いなくそれ以上だった。

翌日は入学試験の最終日だとわかってはいたのだが、結局二人揃って寝過ごしてしまい、会場に向けて朝から必死で走ることになった事実だけはここに追記しておく。

教室で最後の試験を受けていると、時間はいつもより緩やかに流れていった。

遠く泰山の稜線《りょうせん》を沿うように動いていた太陽が、やがてゆっくりと西の砂漠の果てを目指して進み、地平線を赤く焦がしていく。そんな頃、一般的な礼儀作法の所作を問う口述と実技の試験を終えた沙夜は、疲労感に垂れ気味になった肩をぐるりと回して大きく息を吐いた。

作法については知識こそあれ、実践するのは難しい。そもそも『公の場では』とか『原則として』とか注釈が多すぎる。さらに後宮内では妃の序列以外にも職分による優劣があり、誰に敬意を払うべきなのか、そうでないのかが判然としない。

ましてや女学院の教室内など、混沌《こんとん》の極みだ。外国から来ている生徒が半数近くいるようだが、彼女たちの母国での身分は基本的に勘案されない。正式に妃の位につくまでは、みなが一律ただの宮女だ。例外は先帝時代に既に妃だった者であり、これには蕎才人を含め十数人が該当する。

さらに今後、尚六宮《しょうりつきゅう》や侍女などの身分につく者がいれば、その都度対応を変えていかなければならない。つまり後宮において礼儀作法を完璧にこなすためには、適度に仕事をサボって井戸端会議に勤《いそ》しみ、そこで得た情報を入念に精査し、絶えず自分の立ち位置を確認する努力が必要だと思う。

「……と、口述で答えたら怒られたわけだけど」

一人で帰路を歩きながら、不満の言葉を漏らす沙夜。たしなめた試験官が言うには、そういった即物的な事情を綺麗な言葉で覆い隠すのも作法のうち、とのことらしい。

難解すぎる。

外の世界は大変だ。もうずっと白陽殿の内にこもって、書物だけを読んでいたい。本音を言えばそうなるが、それが許されないのが宮仕えの悲しさである。

「にしても眠い……。ふわぁ……」

気を抜くと欠伸が止まらない。こんなに大口を開けた姿を見せれば、また試験官に減点されるのであろうが、とうに桔梗宮の門は過ぎているので安心だ。

あとは渓流に架かる橋を越え、ゆるやかな坂を下りていけば白陽殿まではそう遠くない。もう少しの辛抱だと気を張り直す。

昨夜は美友と書物の話で大いに盛り上がり、すこぶる楽しい時間を過ごすことができた。ただ何事にも代償というのはつきものであり、頭の中に蜘蛛の巣が張ったような倦怠感が一日中消えなかった。きっと美友も睡眠不足に苦しんだはずだ。

試験中、遠目に様子を窺ってみたが、頻繁に目を瞬《しばた》かせたり指先でこっそり目尻をこすったりしていた。悪いことをしたと思う。

一応、今日も泊まりにこないかと誘ってみたのだが、さすがに無理だと断られた。あちらの寮での付き合いや外聞もあるだろうし、あまりしつこくするのも良くない。そういったわけで一人きりの帰り道を沙夜は進んでいく。

時刻はまだ早いはずだが、既に黄昏時《たそがれ》と言ってもいい程に薄暗い。もし橋の上で誰かとすれ違ったとしても、相手が誰だかわからないだろう。

逢魔《おうま》が時《とき》、という言葉もある。漠然とではあるが、帰路を急いだ方がいいかもしれないと沙夜は思った。

いやいや。さすがに先日のように、いきなり貘豹のような獣に遭遇したりはしないはずだが……。

「――――っ」

水音が、聞こえた気がした。強く水面を叩くような音だ。橋の下を流れる川の中に何かがいるようだ。

おいおい。まさか羆が山を下りてきて、川魚でも獲《と》っているのではないだろうな。

一応確認してみるべきだろう。恐る恐る、腰の高さ程しかない欄干の上に身を乗り出して、川面《かわも》を見下ろしてみる沙夜。

単に魚が跳ねただけであればいいのだが……。そう思っていると、続けて耳に届いた水音の中に、苦悶《くもん》の声が入り混じっているように聞こえた。

「……え？　笙鈴!?」

目を凝らすとすぐにわかった。川縁《かわべり》に上体を投げ出すように倒れ込んだ、白い襦裙を着た少女は笙鈴だ。沙夜の視界からは背中しか確認できなかったが、不思議とそれが彼女のものであると即座に認識した。

一拍置いて、走り出す。橋を抜けて脇道から斜面を降り、川縁へと一直線に向かう。足場に敷き詰められたごつごつとした石に爪先がひっかかり、何度か転びかけたが、そんなことを気にしている余裕は既にない。

笙鈴は白陽殿の食事番であり、共に暮らす友人であり、もはや家族にも等しい存在だ。だからこそ焼けつくような焦慮に呼吸が荒くなり、胸の早鐘が鳴り止《や》まなかった。


幸いにも、笙鈴の意識は明瞭だった。

「——ついさっき、橋を渡っている最中に、誰かに突き落とされたのよ」

肩を貸し、何とか道まで引き上げたところで、震える声で彼女は説明する。

笙鈴もまた無事に試験を終え、夕暮れの中帰途についたそうである。そのとき周囲にはまだ幾人かの人影があったが、日が落ちていたこともあり誰が誰だかまではわからなかったらしい。

そんな中、不意に背中に衝撃を感じ、気が付けば欄干から落ちていたそうだ。

「下は水だし、そんなに高くないから大丈夫かと、最初は思ったんだけど……」

冷たい川の水にしばらくさらされ、紫色になった唇を震わせて笙鈴は続ける。

「右腕が、動かないの。川が浅すぎて、底にぶつけたかもしれない」

「わかった。白陽殿に帰って、ハク様に診てもらおう」

「ごめん。面倒をかけて」

申し訳なさそうに言う彼女の左肩を背負いながら、沙夜は首を左右に振る。

「誰にやられたか、本当に見てないの？」

「暗くてそれどころじゃなかったよ。……まあ、ノッポと小太りがいた気はするけどさ」

「それって……」

確認するまでもない。一昨日に揉めた、蕎才人の取り巻きではないか。

となると報復なのかもしれない。そう考えただけで胸の中に締め付けられたような痛みが走る。

こんな事態を引き起こした原因は、紛れもなく沙夜自身にある。あのとき面倒事に首を突っ込まなければ、笙鈴がこんな目に遭うことは……。

「ごめん。忠告してくれてたのに」

美友を連れて白陽殿に帰ったとき、言われたはずだ。それは蕎才人に対する明確な敵対行為だと。恨みを買うかもしれないと。

けれどそれで被害を受けるのは、自分だと思っていた。あの場で反抗的な態度を見せた沙夜か、もしくは美友の方に怒りの矛先は向かうだろうと。まさか直接顔を見られていないはずの笙鈴に報復するだなんて考えもしなかった。

「……いや、よく考えれば自明だったと思う」

と、笙鈴は気丈にも口元を綻ばせて微笑を浮かべる。

「緑峰様に言いつけたのは、あたしだからね。あのとき、緑峰様さえあの場にやってこなければ、あちらの優位は脅かされなかったはずだから。そういう面子《メンツ》を気にする人種もいるってことだよ、後宮には」

やはり腕が痛むのか、荒い吐息交じりにそう告げる彼女。もう痛々しくて見ていられない。

何故報復されたのかなどはどうでもいい。何よりも優先すべきなのは治療だ。そして川の水に体温を奪われた彼女に、少しでも熱を分け与えることだ。

沙夜は笙鈴の腰をしっかりと抱くようにして体を密着させ、そこからは言葉少なに帰路を急いだ。

「──小姐《シャオチエ》⁉　どうしたの！」

夜闇に覆われつつあった白陽殿の門前で、笙鈴の妹である春鈴が待っていた。多分、普段より帰りが遅いので心配したのだろう。

春鈴は姉が肩を貸されて歩いている姿を見て、不安げな声を上げつつ駆け寄ってくる。沙夜は「大丈夫だよ」と答えながら門を抜け、渡り廊下を進み、笙鈴の部屋までそのまま足を進めていった。

途中、笙鈴が微笑みを見せ、春鈴の頭に左手を乗せて言う。

「ちょっと転んじゃってね……。ごめん。今日の夕餉の準備、任せてもいい？」

「うんわかった！　任せて！」

一瞬、戸惑った表情は見せたものの、元気よくうなずいて厨房へと駆けていった。これまで食事の支度を春鈴一人に任せたことはない。恐らく彼女もそれだけ大変な事態が起きたと理解しているのだろうが、それ以上に姉から信頼され、仕事を頼まれたことが嬉しい様子だった。いい子だ。

部屋の戸を開け、丸椅子の上に笙鈴を座らせると、沙夜は「ちょっと脱がせるよ」と了承を得て、襦裙の首元を広げるようにして右肩を露出させる。

ここまでの道中、笙鈴はずっと「右腕が動かない」と言っていた。濡れた着物を着替えさせるのが先かとも思ったが、どんな服を着ようとしても腕は動かす必要がある。もしも骨折などしていれば、少し動かしただけでも激痛が走るかもしれない。だからまず患部を確認する必要があったのだ。

「すごく、腫れてる……」

筌鈴の右肩は軽く見ただけでもこんもりと盛り上がっていた。こぶができている。内出血だとすれば……。

「ちょっと触るよ？　……どう？　痛みは」

「うん。痛いね。すごく痛い」

と、彼女は眉間に縦皺を寄せ、顔全体を歪めながら苦痛を訴える。

口調はまだ余裕がありそうだが、患部の状態は予想よりも悪い。本人が言っていたように、川に落ちたときに底部の岩にぶつけたのかもしれない。

「ごめん、筌鈴。わたしのせいだ……」

処置を悩んでいる間にも、口からは謝罪の言葉が溢れ出す。

「こういう可能性もあるって、わたしがもっと考えて動いていれば」

「あのさ」

ぽつりと、呟くように筌鈴が言った。いつの間にか、彼女の視線は部屋の戸の方向へと伸びていた。そちらには春鈴が向かった厨房がある。

「こんなときになんだけど、何か、ありがとうね」

「何言ってるの？　今はそんな場合じゃ」

「いや、春鈴があんなに活発になるだなんて、前は全然思わなかったからさ」

苦笑気味に口元を綻ばせながら、笙鈴はそう告げる。

沙夜の謝罪に言葉を被せたのは、どうやら意図的な行動らしい。

「今まで言ってなかったけどさ……。うちの姉妹仲はお世辞にも良いとは言えなかったんだよね。というのもさ、あたしと春鈴は母親が違うんだよ」

紡がれる言葉の響きは、少し震えていた。

まるで遺言のように始まった彼女の打ち明け話に、沙夜は「そうなんだ」と相槌《あいづち》を打つことしかできない。

「うちの家は、ただそこそこ長い歴史があるだけの小さな商家でさ。なのに父さんはお妾さんを何人か抱え込んでいて、その一人が春鈴の母親だった」

「だった、ってことは」

「春鈴が生まれたときに亡くなった。産婆がね、お金を握らされて、手を抜いたの。あたしの母親がそんなに嫉妬深かっただなんて、父さんも予想外だったと言ってた。

結婚してから変わったんだって。……そんなわけでね、春鈴はまともな教育を受けてないんだ。屋敷《やしき》が狭くなるって理由で、ずっと蔵の中で育てられてたから」

声の中に沈痛な想いが滲んでいる。妹に辛い幼少期を強いた両親も、それを見過ごすしかなかった自身も、彼女にとってはとても後ろ暗い過去のようだ。

「あたしに後宮入りの話が来たときにね、必死で父に頼み込んだの。春鈴も一緒に連れて行かせてくれって。……母は厄介払いできて嬉しそうだったから、父も最後にはその提案を飲み込んだ」

二人で後宮にくれば、何かが変わると思っていた、と彼女は続ける。

「でもね、あまり変わらなかった。自分で言うのもなんだけど、要領の良いあたしはすぐに仕事を覚えて侍女に取り立てられた。だけど親からの愛情をほとんど受けずに育った春鈴は、人付き合いの仕方もわからずに、一人で閉じこもって、いつしか姉妹の会話もなくなった」

「そんなふうには、見えなかったけど？」

「でも、事実だよ。あたしは何度も春鈴を見捨てようとしたから」

頰を片側だけ上げて、皮肉げな笑みを見せる笙鈴。

でも結局のところ、見捨てることなんてできなかったのだろう。沙夜が春鈴に初めて出会ったとき、水中毒でぐったりした妹の姿を見て、一瞬で蒼白《そうはく》な顔色になった。あの反応が雄弁に物語っている。

笙鈴は春鈴を愛している。それは疑いようのない事実だ。

白陽殿に来てからはもっとだ。溺愛と言っても過言でない程に、惜しみなく愛情を注いでいるように見えた。それが全てだと思う。

「だからありがとね、沙夜。あんたにここへ連れてきて貰わなかったら、きっと今でもあたし達は……」

肩の痛みか体温の低下か、意識が朦朧《もうろう》としてきているようである。呂律も少し怪しくなり、本当に遺言のようになってきた。沙夜は慌てて腰を上げる。

「もう少しだけ待ってて！　すぐにハク様をここに――」

「呼びにくる必要はない」

後方から聞こえてきた声に振り向くと……部屋の入口にいつの間にか、赤い衣裳を身に纏った白髪の青年が立っていた。

そのさらに後方には、灰色の袍服に身を包んだ金髪少女の姿も見える。事情を察した天狐がハクを連れてきてくれたに違いない。

「しばし待て」

静かな足取りで歩み寄ってきたハクの視線は、笙鈴の腫れ上がった肩に縫い留められるように固定されていた。

いや、それだけではない。彼の額には、第三の眼を象《かたど》った文様が浮かび上がっている。森羅万象に通ずると言われる神の眼が、患部の内部までを見通しているのだろう。

だが虚《うつ》ろになった笙鈴の目は、今も部屋の入口の先。春鈴が奮闘しているであろう厨房へと向かっている。ハクや天狐のような霊格の高い妖異鬼神の姿は、常人の目に映し出されることはないからだ。

「そのまま体を押さえていろ。しっかりとな」

「は、はい」

いつになく真剣な声で言うハクに、沙夜はただ従う。

するとその直後、笙鈴の体に覆いかぶさるように腕を回した彼は、肩にそっと掌を載せると彼女の右手首を持ち上げ、肘を折ってゆっくりと回転させるように——

「————っ!?」

ごぐんっ、と大きな音がするとともに、笙鈴の口から声にならない悲鳴が放たれる。

体を押さえていた沙夜の手にも、骨と骨が擦れ合う嫌な感触が伝わってきた。

「……ふむ。これで良かろう。あとは包帯で固定しておけ。完治までには二十日程度かかる」

「脱臼、していたのですか」

沙夜がそう訊ねると、「一目でわからないとは、まだ未熟だな」と言ってハクは踵を返した。

「ありがとうございます、ハク様」

「構わん。その娘には世話になっているしな」

背を向けたまま彼は答え、それから部屋の外へと細い指先を向ける。

「しばらくは安静が必要だが、早く仕事に戻ってもらわねば困ると伝えておけ。先程から、厨房で何やらけたたましい音がしているからな」

と、それだけ言い残して足早に去っていった。その後ろに天狐も付き従い、ともに足音も立てず渡り廊下を戻っていく。

春鈴は姉に任された役目を全うするため、厨房にて悪戦苦闘中らしい。いささか張り切りすぎてしまったのか、早くも夕餉での惨状が目に浮かぶようだが……。

いや、今はとりあえず、笙鈴の不安を拭ってやるのが先決だろう。

「笙鈴、ハク様が治療を施してくれたよ。もう大丈夫」

そう声をかけながら彼女の表情を窺ってみたのだが、何故か反応がない。それどころか、ちょっと白目を剝いている。

どうやら、肩の関節を嵌めたときの激痛で気絶してしまったようだ。となるとここからは沙夜一人で包帯による処置を行い、濡れた衣類を着替えさせて床まで運ばないといけないわけだ。

でもそのくらいはやってみせよう。ハクのおかげで少なくとも命の心配はなさそうだし、あとで笙鈴に伝えたら喜びそうな言葉も聞けた。

「……世話になってるって、ハク様が言ってたよ。笙鈴」

もはや彼女の耳には届いていないだろうが、沙夜はそう口に出した。目が覚めたらまた聞かせてやろうと思う。

そういえば、とそこで考える。本来なら食事をする必要のない神獣のハクが、笙鈴が包子を作ったときには高確率で食卓にいた。今まで聞いたことはなかったけれど、どうもその味を気に入っていたらしい。

ちょっとだけ羨ましいな。そう呟きつつ、気を失った笙鈴の肩を固定するため包帯を巻いていく。いつかは自分もハクに必要とされる存在になりたいと思いながら。

その日の夕餉の時間は、いつにも増して騒がしかった。

姉ほど美味しい料理が作れなかったと涙ながらに詫び続ける春鈴に、沙夜と燕晴が「そんなことはない」と都度慰めながら食事が進行していったからだ。

数刻後に目覚めた笙鈴には、粥《かゆ》を作って食べさせた。こちらも春鈴が作ったのだが傍目《はため》にも出来は良さそうで、匙《さじ》を口に運ばれた笙鈴の頰にも喜色が浮かんでいた。

「左手は無事なんだから、自分で食べられるよ」

「駄目。小姐は動かないで」

甲斐甲斐《かいがい》しく世話を焼こうとする春鈴が実に微笑ましい。姉妹水入らずで過ごすのがいいだろうと、沙夜はこっそりその場を立ち去ろうとした。すると背後から小さな声で、「ありがとう」と聞こえてきた。

だが振り返らずに渡り廊下に出て、そのまま書斎へと向かう。

月のない夜だが暗闇に惑いはしない。戸の隙間から燭台《しょくだい》の明かりが漏れていることからして、ハクは中で待っているようだ。

「お待たせしました、ハク様。笙鈴はもう大丈夫です」

「そうか」

安楽椅子に座った白髪の美青年は、鷹揚《おうよう》な態度で応じる。

「誰にやられた？　事情を説明せよ。詳細に」

「はい……。わかりました」

沙夜はうなずきを返すと、ハクの前まで足を進めていった。

只人の営みにあまり興味を示さない彼にしては、珍しく憤慨しているようだ。

笙鈴の身が害されたことで怒っているのかと思ったが、しばらく美味しい包子が食べられなくなった事実を惜しんでいるのかもしれない。

「――ふむ。なるほどな」

一通りの事情を説明したところで、軽く握った拳を口元に当てた姿勢になった彼。

その様子を見て、なんだ、いつもの悪い癖かと沙夜は思う。

白澤は知識を司る神獣だ。それゆえ既知を憎み、未知を愛するという習性をもつ。

そして何より暇を持て余している。だからこういった突発的な事件に強く興味を持つのだ。

誰が犯人なのか。その目的は何なのか。ハクの怜悧な眼差しがゆっくりと細められていき、そして――

「つまらん」

一言でそう断じて、椅子に深くもたれかかった。

「もうよい。興が失《う》せた。あとは自分で何とかせよ」

「急に投げやり過ぎませんか？」

態度の落差が激し過ぎる。思わず不服の声を上げてしまった沙夜に、ハクは「何を言うか、馬鹿弟子が」と咎めるような目を向けてきた。

「今回の事件に謎など一つもない。犯行は場当たり的で短絡的。犯人も話に出てきた者どもで間違いなかろう。期待をして損した」

「何を期待されていたかは存じませんが……。笙鈴があれだけのことをされたのです。このまま黙っているわけにはいきません」

「あれだけのこと、だと？」

ハクが柳眉を釣り上げながら言う。

「どれだけだと言うのだ。本当にわかっているのだろうな？」

「……はい。わかって、います」

沙夜は掌を強く握りしめながら答えた。

「脱臼で済んだのは、まだ幸運でした。骨が折れていた可能性も十分にあった。もしも開放骨折なら――」

折れた骨が皮膚を突き破って外へ出ていたなら、最悪の事態も有り得たのだ。

「そうだ。開放骨折の場合、死亡率は八割を超える」

と、彼は厳しい口調で断言した。

死亡率八割とは、予後も含めた数字だ。傷口に病魔が入り込めば傷痙《しょうけい》——破傷風になる。大量に出血すればそれを待たずに失血死。

白澤図には〝輸血〟なる血を補う術法についての記述もあるが、相応の設備と機材、加えてそれを扱う技術が要求されるそうだ。もちろん白陽殿にそんなものはない。

「ほんの僅かの差だ。何かの歯車が狂っていれば、あの娘は死んでいた」

「わかっています」

最悪の結末を思い浮かべながら、沙夜は唇を強く噛む。

恐らく犯人には、笙鈴を殺害するつもりなどなかっただろう。少し痛い目に遭わせて、今後は逆らわぬよう躾《しつ》けてやる。その程度の考えだったはずだ。

でなければ犯行手段が短絡的過ぎる。帰り道で待ち伏せて、黄昏時の薄暗さに紛れて襲撃しようなんて無計画にも程がある。大した考えも覚悟もなく実行に移されたのは明らかだ。

つまりただの嫌がらせ。相手を傷つけて溜飲《りゅういん》を下げようとする愚かな行為。

それでも一歩間違えば、笙鈴は死んでいたのである。そうなれば春鈴は一生消えぬ傷を胸に刻まれて、いずれ心を殺されたかもしれない。

「それに、だ」

そこでハクは顎を上げ、何やら周囲に視線を巡らせるようにした。

「いくつか、足らんな」

「足りない？　何が――」

と、そこまで訊ねかけたところで、背筋に稲妻が走ったかのごとく沙夜は体を硬直させた。

ハクが発した言葉の意味に気付いたからだ。それはつまり……。

なんてことだ。考えるうちに知らず奥歯を強く噛みしめていた。ぎりりと音が鳴る。

そうか。そういう話か。

最初から全部繋がっていたわけだ。だったら許せるはずがない。

「どう始末をつけるつもりだ？」

冷淡な声音で彼が訊ねてきたときには、既に心は決まっていた。

「わたしが片をつけます。……一人で」

確かな憤りとともにそう答えると、「ならばよい」とハクは言って、再び体を安楽椅子の背もたれに深く預ける。

「ぬかるなよ」

「もちろんです」

もうこの場で確認すべきことはない。沙夜はそれだけ言って踵を返し、書斎の戸を開けて廊下に出た。自分でも制御しきれない、業火のごとき怒りを胸に。


それから三日の時が経過した。

後宮女学院の入学試験結果が、今朝から公示されているそうである。となれば今回の事件の当事者も一堂に会していることだろう。そう考え、沙夜は結果発表の場である桔梗宮へと向かった。

折しも空は抜けるような快晴。冬の到来を予感させるひんやりとした風も、坂道を上って火照った頰には心地よい。

少々息を荒らげながら桔梗宮の門を抜けると、広大な中庭には既に多数の宮女が押しかけていた。どうやら本殿の前に試験結果が掲示されているらしい。

ただ、今の沙夜にとっては、そんなものはもうどうでも良かった。緑峰と交わした首席をとるという約束などより、よっぽど大事なことがある。

掲示板の前に群がる宮女達の背中を遠巻きに観察していると、ややあって目当ての人物のものを発見した。

何気ない振りを装いつつ、「おはよう」と声をかけていく。

「美友。どうだった？」

「あ、沙夜」

振り返った彼女は、すぐに笑顔になった。

「おはよう。残念だけど、沙夜とは別の教室になったみたい」

「そうなんだ」

「うん。沙夜は凄いね。首席みたいだよ？　第一学級の級長だって」

「へえ、級長か……。そんな制度があったんだね。知らなかった」

努めて愛想よく受け答えをし、しばし歓談して空気を解す。それから事前に用意していた問いを投げ掛けてみることにした。

「そういえばこのあとはどうするの？　お宮に戻ってお仕事？」

「うん」と美友は首肯する。「尚服《しょうふく》に配属されることになったの。帰って洗濯だってさ。水が冷た過ぎて手が荒れそう。ちょっと憂鬱」

「そっか。じゃあ途中まで一緒に行こう。わたしもすぐ白陽殿に戻らなきゃいけないから」

うん、と警戒心もなさそうな表情で彼女は答える。

そうして一緒に歩き出した後も軽く世間話を交わしながら進み、桔梗宮の門を抜け、渓流に架かる朱塗りの橋が見える位置までやってきた。

三日前に笙鈴が襲われた、その場所にである。

「……あのさ、美友。ちょっと聞きたいことがあるんだけど」

「え、何よ、改まって」

そう言って振り返った彼女の顔が、少し強張《こわば》っていたことを沙夜は見逃さない。

正直に言えば、疑いたくなどなかった。このまま彼女と良い友人関係を続けていられれば、どんなに良かったことだろうと思う。

いいや、それも今更言っても詮無きことか。

一度深く息を吸い込み、心を定めて口を開く。

「——ねえ美友。白澤図、いくらで売れそう？」

すると一瞬、時が止まったような空白が二人の間に落ちた。

「………ど、どういうこと？」

呆気《あっけ》にとられたような顔で、美友は訊ね返してくる。

「わからない。どういう意味？　白澤図……？」

「ああ、うん。そういう白々しいのはもういいよ。わたしが知りたいのは、あなた達が白澤図にいくらの値段をつけるつもりなのか、それだけ」

そう、あのときハクが口にした、「いくつか、足らんな」とは……。

あれはつまり、書斎から白澤図が盗み出されているという意味だったのだ。

そしてそれは確かな事実だった。あとから確認してみたところ、巻子本が三軸失われていることが判明したのである。

となれば当然の帰結だ。誰かが盗み出したと考えるなら、美友を沙夜の部屋に泊めたあの日しかありえない。

「言っておくけど、盗みについては責めないよ。官吏に訴える気もないし、罰を与えるつもりもない。だから正直に話して欲しいんだけど」

「え。いや、そんなこと言われても」

困惑したような、怯えたような表情をみせる美友。

だがそれと知った上で観察してみれば、演技であることはすぐにわかった。

「本当に、違うの。私は何もしてない。盗んだってどういうこと？　白陽殿に盗人《ぬすっと》が入ったの？　だったらすぐに」

「もちろん、美友が一人でやったとは思ってない」

これ以上の弁明は不要だ。そう答える代わりに、そこから沙夜は自分の推理を語り始める。とても強い口調で。

「書斎からなくなっていたのは巻子本三軸。襦裙の内側に隠して持ち出すのはさすがに無理があるよね。だからあなたはあの夜、厠《かわや》に行くと言って密かに書斎に侵入し、巻子本を盗み出して……。多分、袋に詰め込んで塀の外に投げた」

手段としてはそれが一番簡単だ。前もって麻袋を用意して持ち込み、そこに巻子本を入れて外部へと投げる。

問題は回収の方法だが、美友は翌日の朝も沙夜と一緒に行動していた。だから別の誰かと前もって打ち合わせ、回収させた可能性が高い。

「回収の手間を考えれば、あなたが単独で盗みを働こうと考えたとは思えない。協力者がいたはずだけど、白陽殿に泊まりにくるよう誘ったのはわたしの方。慌てて協力者を募って計画を立てたとも思えない。となると——」

美友には最初から仲間がいたと考えた方がいい。

打ち合わせの時間もそんなになかったはずだ。後宮に入ったばかりの彼女が、短い説明で一緒に窃盗行為を働くことを容認させることができた人物。そんなのごく限られている。

「——蒿才人の取り巻き二人と繋がっていたんだね。美友は」

「ち、違うよ」

彼女は涙をぽろぽろ流しながら否定した。けれど己の推理に確信を持っている沙夜からすれば、器用なものだという感慨しか湧かない。

「笙鈴をここから突き飛ばし、川に落としたのは……その二人だよね？　理由はやっぱり、あのとき緑峰様を呼んできたのが笙鈴だから？」

「ねえ聞いてよ！　違うって言ってるじゃない！　沙夜、私を信じ」

「他に笙鈴が襲われる理由がない。そして、あのとき緑峰様に声をかけたのが笙鈴だと知っているのは、あなたしかいないの」

あくまで冷然として、沙夜は宣告する。

そう。美友と蕎才人達が揉めていたとき、現場に割って入ったのは沙夜一人なのだ。笙鈴はあの場では姿を見せず、すぐに緑峰を呼びに行った。

だから蕎才人とその取り巻き二人が、笙鈴の存在に気付いたはずはない。唯一知ることができたのは、その後のやりとりを聞いていた美友だけ。

「あなた達にとっては、軽い悪戯《いたずら》くらいのつもりだったかもしれない。川に落として、濡《ぬ》れ鼠《ねずみ》のようになった笙鈴を笑って、それで済ます気だったかもしれない。でもね、笙鈴の怪我《けが》は決して軽いものじゃなかった」

それどころか、一歩間違えれば死んでいた。悪ふざけでは済まされない。

笙鈴は沙夜にとって、家族にも等しい存在だ。それに手を出す者は決して許さない。今後二度と同じことが起きないよう、思い知らせる必要がある。

この橋から同じように突き落としてやれば、あるいは美友も反省するかもしれないが、そんな荒っぽくて短絡的な手段に訴えるつもりはなかった。

「あなたがどう否定しようとも、盗まれた白澤図があなたの手許《てもと》にあるのは事実だよね？　違う？」

一歩間合いを詰めて凄むように言うと、美友はびくりと肩を震わせた。

「もし全てがわたしの勘違いで、盗まれた白澤図の行方なんて一切知らないと言うのなら謝る。でも言っておくけど、あれは綜国にとっては国宝に等しい書物なの。もし盗まれた事実が緑峰様の耳に入れば、すぐに動かれると思う。それこそ全ての宮殿や寮の床板をはがしてでも」

「ちょ、ちょっと待って」

美友の顔色が一気に蒼白になった。どうもやはり、白澤図の価値について見誤っていたようである。

「当然ながら盗人は死罪だよ。それどころか九族皆殺しかもね。今頃はあなたの寮や、蕎才人の宮にも官吏が向かっているかも」

「待ってよ！」

一際大きな声を張り上げた美友は、沙夜の手をとって縋《すが》るような目を向けてくる。

「お、教えて……。もう緑峰様はご存じなの？　駄目なの、家にだけは迷惑かけたくないの」

「謝罪の言葉もないうちから、そんなことを聞くの？」

「もちろん謝る。謝るし、白澤図は返すから、どうか……。本当に違うの。私はあの二人に脅されて、ああするしかなかったの。あのとき見たでしょう？　蕎才人の家には逆らえない。だから仕方なく」

「ううん。それも嘘」

沙夜は流されない。ここまで得た情報から推理した結果、今回の事件に蕎才人は関わっていないと考えているからだ。

緑峰を前にしたときの彼女の態度からして間違いない。彼女は己の非をすぐに認め、沙夜に向かって頭を下げた。でもそれは本来、中々できることではない。

大多数の後宮妃は、少しでも皇帝の覚えを良くして寵愛《ちょうあい》を受け、己の位階を上げることしか頭にない。あの場では面目を保つことが何より優先されたはずだ。だというのに蕎才人はまるで媚《こ》びなかった。あくまで冷静な表情を崩さず対応していた。

恐らく興味がなかったのだ。沙夜はそう推察する。

先帝時代から後宮にいる彼女は、新たに皇帝となった緑峰に興味を持てずにいるのだ。だから妃としての位階を上げるつもりがなく、あのような場でも自らの失点を取り戻そうとしなかったに違いない。

もちろん実家の要望も無視できず、求められれば応じるのだろうが、それでも積極的に寵愛を受けようとしてはいない。それは直感的に理解ができた。

「蕎才人はこの件には関わっていない。あなたはあの取り巻き二人と以前から面識があって、あのときも一芝居打っただけなんじゃないの？」

美友の家に借金があることは事実なのだろう。後宮入りして蕎才人と対面したときに、その点を責められることは前もってわかっていたはずだ。

だから美友は賄賂を使ったのだと思う。取り巻き二人に金を握らせ、わざわざ試験中に蕎才人と引き合わせてもらい、あの場に〝いじめ現場〟を作り上げた。

偶然にもその場面を目撃し、暴行を働いた蕎才人側を咎める役目は、本来ならあのとき最後にやってきた試験官だったに違いない。

かくして試験中に問題を起こした蕎才人は評判を落とし、勢力と発言力も落とし、一方美友は負い目を感じずに女学院で上を目指せるようになる。そういった寸法だったのだろう。実に強《したた》かだ。

しかしその計画には歪みが生じた。緑峰に現場を目撃されたことにより、彼女達は肝を冷やすことになった。試験官に見つかって悪評が立つくらいならいいが、皇帝に見つかってはただではすまない。与えた悪印象によっては、蕎才人が後宮から放逐されても不思議ではないのだ。それは取り巻き二人にとっては死活問題だ。

だからこそ、直接的な原因となった笙鈴に怒りの矛先を向けたのだ。それが今回の事件の真相なのだと沙夜は確信している。

「――どちらにせよ、もう言い訳はいらない」

と突き放すように言って、さらに続ける。

「白澤図を返す必要もない。あれはしばらくあなたに預けるから、家に送って値段をつけてもらって」

「え……？　ど、どういうこと？」

美友の顔色がさらに悪くなった。青を通り越して白っぽくなってきている。

「最初に言ったでしょ。単純に、いくらで売れるのか知りたいの。ちなみに綜国内で売ろうとすれば捕まるよ？　ちゃんと他国に持ち込んでね」

別に意地悪で言っているわけではない。その言葉は本心からのものだ。

そう。紫苑が白陽殿にやってきたとき、「商品になるものはないか」と訊ねた彼女を瞠目《どうもく》せしめたのは、白澤図を商品として売るというこの発想だった。

実を言うと沙夜達にとって、白澤図が盗み出されたこと自体は大した問題ではない。それはハクにも確認している。

何故かというと、白澤図に記された内容は全てハクが記憶しているからだ。さらに失われた巻に何が書かれていたかも一字一句違《たが》わず思い出せるとのことなので、あとはそれを沙夜が書き写せばいいだけ。いくらでも写本は作ることができる。

そもそもハク自身は、知識が外に出ることを何とも思っていない。それどころか、弟子をとって手ずから教えているくらいだ。白澤図に記された膨大な知識を白陽殿に封じているのは、国だ。綜国の判断なのである。

だから緑峰にも提案してみた。当初は目を白黒させていた彼だったが、説得を繰り返すと同意してくれた。流出させる知識は自由に選べるから安全だし、伝説の白澤図という売り文句に他国の商人が思わぬ高値をつける可能性もある。すると国の貴重な財源にもなりえる。

まあ盗まれた巻子本の中に一軸、母の書いたものがあることだけが業腹ではあるが、この際不満は飲み込んでおくとしよう。

「美友。今のあなたに拒否権はない。わたしの言う通りにしてもらうよ？　白澤図にいくらの値がつくのか、ちゃんと調べなさい。その仕事をやり遂げるまでは謝罪は受け取らない。わかった？」

可能な限りに強い語気で告げると、美友はこくこくと首を縦に振る。

白澤図を取り返すのは容易だ。天狐に頼めば数刻で持ち帰ってくれるだろう。そもそも常人には見えない彼女の手を借りれば、美友達が行った犯罪の証拠なんて簡単に手に入れることができるのだ。

でもそれでは意味がない。ただ筌鈴が傷つけられただけで、沙夜達の得は何もないではないか。ある程度は還元してもらわねば。

「……わ、わかりました」

渋々了承した美友はきっと、こちらの意図を何一つ理解してはいないだろう。ただ、奪った白澤図が途轍もなく重い足枷に変わったことには気付いたはずだ。彼女の下《もと》に白澤図がある限り、どこにも逃げられないし助けを求めることもできない。

「じゃあ引き続きよろしくね？」

晴れやかな笑顔で沙夜は言って、念を押すように彼女の肩を叩いた。

これで美友達は、自らの罪科による負債をしっかり支払うことになるだろう。

——と、そのすぐ後で、問題がまだ一つ残っていることに沙夜は気が付いた。

美友への懲罰——いや商談は終わったが、それに関して許可を得なければいけない人物がもう一人いたのである。

やや気が重くはあるが、筋はきっちりと通しておかねばならない。なのでその日の午後になってから、蕎才人の執務室がある桂花宮《けいかきゅう》へと足を向けることにした。

「——あら、いらっしゃい。よく来ましたね」

侍女に用件を伝えて取次を頼み、すぐさま案内された室内には、花が咲いたような笑みを浮かべて歓迎の意を伝える蕎才人の姿があった。

執務机の向かい側の席に座ると、ややあってお茶まで出てきた。招かれざる客だという自覚があったので困惑する。どうしてこんなに好意的なのだろう、と背筋に冷や汗を浮かべつつ考えていると、あちらから声がかけられた。

「あの二人ならば、暇を出しましたよ？」

「えっ」

我知らず、口をついて驚きが飛び出した。

さすがに処置が早すぎる。あの二人が、美友から賄賂を受け取った証拠でも出てきたのだろうか。

「ふふ。白澤の弟子に一泡吹かせることができましたね。これで満足」

お茶の入った碗《わん》を傾けながら、あくまで優雅に彼女は種明かしを始める。

「私が後宮入りしたのは九歳の頃ですよ？　もう十年もここにいるんですから、いろいろと学びもします。あの二人が実家から送られてきたのは二月ほど前ですが、素行調査くらいは当然行いました。私独自の手段を用いてね」

「そう、だったんですか。ではやっぱり試験初日の揉め事は、芝居だったと」

「もちろん。それと知って見ていたからわかります。だってお互いに目配せし合ってましたから。ああいうところに詰めの甘さが出るのよね。クビにして正解」

ふうと息を吐きながら言う蕎才人。

食えない人だと沙夜は思う。しかし間違いなく聡明《そうめい》な人だ。権謀術数が蔓延《はびこ》るこの後宮で十年積んできた経験は伊達《だて》ではないということだろう。

「では、わたしが美友に持ち掛けた商談は、そのまま進めても……？」

「詳細は後程聞かせていただきますが、まあ好きにして下さい。あの二人は美友さんの家が雇い入れることになるでしょう。となれば私には関わりのない話だわ」

「ありがとうございます」

事前に予想していたよりも穏便に話がまとまりそうで、ほっとする。

と同時に、敵対しなくて本当に良かったなと考えた。席についてほんの少しの間に、これだけ円滑に話が進んだのだ。彼女は頭の回転が速く、情報を精査することに長けていると感じる。

敵に回せば、恐ろしく厄介な相手になっただろうことは想像に難くない。

何より、先程から沙夜を見る目に……何だか底冷えするような気配を感じるのだ。

彼女の表情は今も柔和で、まるで母親のごとく慈愛深い笑みを浮かべているというのに、その目だけがまったく笑っていない。

一体、内心ではどのようなことを考えているのか――

「ええと、お仕事の邪魔をしてはいけませんので、わたしはこれで」

早めにこの場を辞去しようと、腰を浮かせかけたそのとき。

「ときに、沙夜さん」

「は、はい。何でしょう」

獲物を狙うような鋭い視線に、体が射抜かれたように感じた。

肩を強張らせつつ返事をすると、

「やっぱり似ていますね。燕晴様に」

優しい声色で彼女は言い、しげしげとこちらの顔を眺めるようにする。

「もしかしたら笑われるかもしれませんが……私はね、本当にお慕い申し上げていたのですよ。燕晴様を」

「えっ？」

唐突な告白に驚愕していると、蕎才人はさらに続けた。

「後宮妃に恋愛感情なんて不要だとお思いですか？　私もずっとそう言われてきましたが、自分の心に嘘はつけないものです。私はあの方が、たとえ皇帝陛下でなくとも好きになったでしょうし、両親が何を言おうと喜んで嫁いだことでしょう」

その熱のこもった言葉に、心底仰天して目を瞠る沙夜。

後宮における妃の最大目標は、世継ぎを産むことだ。そして皇帝と外戚関係を結び、国政に影響力を持つ存在となるために大多数の妃は後宮で暮らしているのだ。

妃達はそれぞれ個人ではあるが、背後には往々にして大きな組織からの支援がある。有力豪族や豪商の娘ともなれば、その双肩に千を超える人間の命運を背負っていてもおかしくないのである。

ただの村娘の出であってもそれは同じだ。後宮入りするためには必ず紹介状が必要であり、もしその娘が上級妃になったりすれば、推薦した郡司が昇進することは間違いない。利権が確実に絡んでくるわけだ。

現皇太后である紫苑にしても、父に対して夫への愛情はあるだろうが、恋慕の情を抱いていたかは定かではない。なのに蕎才人は、当時から恋心があったことをこの場で詳《つまび》らかにしたのである。

「それは、その……何というか。ありがとうございます？」

父に恋していたと言われても、一体どういう反応をすれば正解なのかわからない。ただ一つ確かなのは、彼女は妃の位を持ってはいても御子を授からなかったということだけだ。その恋が成就したかどうか……。

「だからね、正直に言えば、緑峰様には興味がないの」

と、続けて蕎才人は胸の内をぶっちゃける。

「実家の意向で残留してみたはいいものの、今は何を目標に生きていけばいいかもわからない状態。そう言われても、あなたは困るでしょうけどね」

「……確かに、困ってはいますが」

と言いつつ、沙夜は浮かせかけた腰を席に戻した。

父を愛してくれた彼女は、娘である沙夜に対しても好意をもって接してくれているらしい。そう理解すると、少しでも報いてあげたいという気持ちが湧いてきた。

「こうしてお話を聞くくらいしかできませんが、わたしでよろしければお付き合いします。いくらでも」

「そう？　それは凄く嬉しい」

蕎才人はぱぁっと顔を輝かせ、声を弾ませる。

そしてその直後に、穏やかな表情は変えぬまま、鋭さと蠱惑《こわく》的な色を合わせ持った視線をこちらに向けてきた。

「見れば見るほど……ですね。確かにあの方の面影があります。母親譲りの部分もあるでしょうけど、全体的には父親似だと思います。ふふふ」

「あの……？　蕎才人？」

「ねえ、沙夜さん。突然のことでびっくりするかもしれないけど……。私の一生のお願い、聞いていただけないかしら」

「ええと」

もう既に嫌な予感がしてきてはいるのだが、願いの内容も聞かずに断れない。なので仕方なく「わたしにできることでしたら」と答えると、彼女は端整な口元を三日月状に曲げて、にやりとした。

「お願いというのは他でもありません。どうか、私の妹になってくれませんか？」

「なりません。すみません！」

反射的に断って席を立ち、身を翻そうとしたが、時既に遅し。

部屋の戸の前には二人の侍女が立って退路を塞いでいた。二人ともともにこやかな表情だが、言外に「お嬢様のお相手は任せた」と言っている気がする。

──ああ、そうか。

事ここに至って、ようやく沙夜は気が付いた。自分はまんまとこの場に誘い込まれたのだ、ということを。

「安心しなさい。特別なことは何もしないから。ただ愛《め》でるだけ」

ぞっとするような音程の声が、背後から近づいてくる。

振り返ったその先には、瞳孔を開き目をらんらんと輝かせた……見目麗しい艶やかな美女が、両腕を大きく開いた姿勢で立っていた。


結果から言うと、それから夕方まで沙夜はたっぷり甘やかされた。

ひたすらお菓子を食べさせられ、お腹の中がたぷたぷになるまでお茶を飲まされた挙げ句、蕎才人の話にただただ相槌を打ち続けることを強要されたのである。

後宮で父と何度すれ違ったとか、園遊会でこんな話をしただとか、些細《ささい》なことを楽しそうに語る彼女に、終《しま》いには憐憫《れんびん》の情まで込み上げてくる始末だった。

「――あの、そろそろ帰らないと」

太陽が西側にどんどん傾いていく中、沙夜は何度か話を切り上げようとしたのだが、その度にとても寂しそうな顔をされてしまい、二の句が継げなくなる。

なので押し切られた形にはなるが、彼女を白陽殿に招待することにした。

蒿才人は後宮の事情通だ。熱病で崩御したはずの先帝が、白陽殿で隠遁生活を送っていることは先刻ご承知だろう。なら沙夜の口から父の話を聞くよりも、直接会って話した方がいい。そう思って提案したのだが……。

「まあどうしましょう！　どうしましょう！」

彼女は席から飛び上がる程に喜び、早速侍女達と着ていく服などを相談し始めた。その隙をついて席を立ち、準備をするために帰らなければと言うと、やっと部屋から出る許可が出た。そこでようやく解放されたというわけである。

蒿才人が実際に白陽殿を訪れたのは翌日のことだった。父と再会した彼女は我を忘れたように狂喜乱舞し、後に「はしたない女だと思われたかも」と猛省することにはなるが、本当に幸せそうな様子で午後の一時を過ごしていた。

とはいえ満足したわけでもないらしい。眠らせていた恋心を揺り起こされたがごとく、蕎才人はそれからも足しげく白陽殿に通い詰めてくることになる。

当初は困ったものだと思っていた沙夜だが、ある日彼女に請《こ》われて書斎に案内した際に——

「凄い数の蔵書ですね。私にも読めるものがあるのかしら」

「蕎才人も読書をされるんですね。どのようなものが好みですか？」

「ちょっと恥ずかしい話かもしれませんけど、戦記ものですね。中でも、血湧き肉躍るような動きのあるお話が好みで——」

そこまで聞いた瞬間、沙夜は彼女の手を両手で挟み込んでいた。そして鼻息荒くも情熱的に、かけがえのない同志として認定したのは言うまでもない。

まさかこんな紆余《うよ》曲折《きよくせつ》を経て、様々な立場を超えて友情が紡がれるだなんて……さしもの神獣白澤だって、まるで予期していなかっただろうと断言できる。

人と人との縁とは何とも不思議なものなのだなぁ、としみじみ思う沙夜であった。

第二章

豚《ぶた》と侮《あなど》るなかれ

《黄州好猪肉、価賎等糞土。富者不肯喫、貧者不解煮。
慢著火、少著水、火候足時他自美。
毎日起来打一盌、飽得自家君莫管》

黄州はいい豚肉を産するが、値段は糞土のように安い。
金持ちは食おうとしないし、貧乏人も煮て食う工夫を知らない。
ゆっくり火にかけ、少しの水で煮、十分に火が通れば自《おの》ずと
うまくなる。毎日起きるごとに一碗作って食べており、
私は一人で満足しているので君は気にしなくてもいい。

吹き抜ける乾いた風が、道端に落ちた木の葉をそっと掃き清めていく。そんな小気味よく晴れ上がった晩秋の一日に、後宮女学院の授業が始まった。

ただし授業内容は、期待外れもいいところだというのが沙夜の本音だ。その証拠に、授業が始まって一刻《いっこく》過ぎただけで、およそ半数の生徒が舟を漕《こ》いでいる。窓から射し込む柔らかな陽光のせいもあるだろうが、さすがにこれは酷い。

ごく簡潔に言えば、つまらないのだ。

座学の講師を務める中年の女官は、穏やかな声音でひたすら四書五経を朗読しているだけである。居眠りをしたり私語をしたりしている生徒がいても、一切意に介する様子はない。だからただ淡々と時間が過ぎていく。

配られた教本の内容も問題だ。四書五経の正しい解釈について一般論を述べているだけで、目新しい記述は何一つ存在しない。いずれ術科や詩作の授業が始まれば少しは楽しいと思えるのかもしれないが……残念ながら当面は同じ授業が続くだろうことは容易に想像できる。

何故かというと話は単純。沙夜がいるこの第一学級の生徒は、他国から来た妃候補達がその半数以上を占めているからである。

同じ大陸に住む者とはいえ、北と南では言葉が違う。燎や斉夏からやってきた娘達ですら、発音の細部に違いがあるくらいだ。さらに〝胡族《こぞく》〟と呼ばれる流浪の民出身である生徒の中には、読み書きはできても流暢《りゅうちょう》に喋ることができない者も多数いる。だから正しい言語の発声を学ばせるために、現状のような朗読のみの授業がしばらく続いてしまうと予想された。

とはいえ退屈なものは退屈だ。四書五経などほぼ完全に暗記してしまっている沙夜にとっては、もはや拷問にも等しい空虚な時間である。

でも寝てしまうわけにもいかない。腿《もも》の表面をつねってみたり、肘のそばをねじってみたりして、眠気と格闘しながら二刻が過ぎ……。正午を告げる鐘が鳴ったところでようやく解放の時がやってきた。

「――ああ。級長の沙夜は、このあと速やかに副学院長室に出頭するようにと指示が出ています。私のあとについてくるように」

「……はい。わかりました」

去り際に講師が言った言葉に、心中で不満の声を上げつつも従う沙夜。

他の生徒達はみな伸びをしたり、我先に教室を出ようと動き出している。その弛緩した姿が実にうらやましい。何故沙夜だけ居残りなのか。解《げ》せない。

しかしそんな中でも、講師は一切振り返ることなく廊下を歩き出していた。よそ見をしていては本当に置いていかれかねない。こういう場合、黙って追従するしかないのも宮仕えの哀しい性《さが》である。

副学院長室がどこにあるかは知らないが、それ程遠くはないだろう。後宮女学院として使用されているこの桔梗宮は、元は上級妃用に建てられた宮殿の一つだ。だから内部構造は他の宮殿と大きく変わらない。四合院《しごういん》造りの殿舎がいくつか組み合わされたものとなっているはずなので、仮に講師の案内がなかったとしても迷うことはないだろうと思う。

それでも講師はしっかり目的の場所まで案内してくれた。授業の際にはまるで愛想のない人だったが、どうやら真面目な良い人のようだ。沙夜は受けた恩には手厚く返す主義なので、丁寧に礼を言って別れた。

それから部屋の戸の前に立って、一つ大きく深呼吸。意を決して引き戸の取っ手に手を掛けていく。

「失礼します。お呼びと聞いてまいりました——」

「待っていました。こちらへ来なさい」

入室時に沙夜が会釈すると、執務机の向こう側に座っていた女性が立ち上がり相好《そうごう》を崩した。それからすぐに表情を引き締め直し、こほんと咳払いをする。

彼女の名は瑞季。年嵩の女官であり、沙夜とも少なからず面識がある相手だ。

「久方ぶりですね、沙夜。元気にしていましたか？」

はい、と努めて丁寧な所作をとって返す。

瑞季は元貴妃の藍洙妃に仕えていた侍女であり、一時期は沙夜の礼儀作法の師にもなっていた人物だ。その任は短期間で解かれたとはいえ、ここでおかしな作法を見せれば容赦なく叱責が飛んでくるのは間違いない。

「それで瑞季……副学院長様。わたしに何かご用でしょうか」

「副学院長に様はつけなくて結構。瑞季教官と呼んで構いません。用はすぐに終わります。級長となったあなたに、その役割と心構えを説明するために呼んだのです」

などとにこやかに言うので、ああやっぱり、と頬が勝手に引きつってしまった。

清廉で実直な性分の人だとは知っているが、その分とても厳しい人であることも知っている。なのにこの笑顔……怪しいなんてものじゃない。

「いいですか沙夜。級長というものは――」

瑞季が語り始めたところで、沙夜はちらりと部屋の内装を確認する。

彼女の執務室は一言でいうと、殺風景だった。飾り気は必要最低限とばかりに、花の生けられた大きな花瓶が部屋の隅に一つだけ。あとは細緻な彫刻が施された執務机が重厚感を見せているが、他にはほぼ何もない部屋だ。

「聞いていますか？」

「もちろんです瑞季教官。続きをどうぞ」

「続き……ですか」そこで彼女はちょっと目つきを尖らせる。「……あなたに建前上の話をしても意味がないようですね。ここはもう、率直に言ってしまった方がいいかもしれません」

沙夜の態度から何かを悟ったように、瑞季は軽く溜息をつく。

それから言った。

「あなたは入学試験で首席をとりました。だから第一学級の級長になった。そこまでは良いですね？」

「……はい。ですが周りの生徒が他の国からやってきた方ばかりなんです。入学試験の成績順で振り分けられているんですよね？」

「ええ。困ったことに」

瑞季は上品な所作で口元を隠すと、そう言ってやや目線を下げた。

「簡単な話です。燎や斉夏からきた妃候補達の方が、真剣に入学試験を受けていたというだけです。胡族出身の娘たちも試験官が驚く程の好成績でした」

「不敬かもしれませんが、緑峰様って都の婦女子にあまり人気が……」

「まあそうですね。不敬ですけど」

声を潜めながらそう答え、彼女はさらに続ける。

「いずれ曜璋様が皇帝になることが内定していますしね。曜璋様は先帝陛下と皇太后様の御子ですから、こちらが皇族の本流だと考える方はたくさんおられます。緑峰様にどれだけ取り入っても将来的に無駄になるなら……と場も弁《わきま》えずに公言している方も少なからずおられますね」

「やっぱりですか……。他国の妃候補はそんな裏事情は知りませんし、だから真剣に試験を受けたというわけですね」

「知っていて受けたと思いますがね、私は。彼女達にとってはまたとない好機でしょうから」

その瑞季の発言に、そうかもしれないと沙夜は考える。

綜国の歴史上、他国から来た妃候補が上級妃に食い込むことはあまりない。身元のはっきりしている自国の貴人が圧倒的に有利だからだ。ましてや、流浪の民で知られる胡族出身の上級妃なんて記憶の中に存在しない。

となれば、この状況を好機と捉えるのは必然だ。緑峰の思惑がどうであれ、綜国の実情がどうであれ、彼女達に手を抜くという選択肢はない。それが入学試験において、しっかり結果となって表れてしまったわけだ。

「——そして、この状況を予期していたからこそ、あなたを焚きつけて首席をとってもらったのです」

「えっ」

瑞季が漏らした不穏な言葉に、驚きつつ訊《き》き返す。

「まさか緑峰様があれだけ『首席をとれ』と言っていたのは……？」

「完全に制御ができないとしても、海に出る船には帆ぐらい張っておかねばなりませんからね」

何やら視線を逸《そ》らしつつ、彼女は答えた。

「身元調査は万全にしています。とはいえ、燎や斉夏から来た娘達が本当は何を目的にしているのか、胡族の娘達が何を考えているのかなどまるでわかりません。だから沙夜、あなたに……」

「内偵のような真似をしろと？　無理ですよそんな」

「拒否権があると思っているのですか?」

「……ですよねぇ」

無駄な抵抗はしなかった。身分的にも関係性的にも、この依頼はきっと断れない。

何故なら、今に始まった話ではないからだ。これまで数々の事件に足を突っ込んできた沙夜は、機密と呼ばれる部分にかなり関わってしまっている。

公的には死亡したことになっている父、燕晴を白陽殿で匿《かくま》っている時点で手遅れなのだ。これからも家族が仲睦まじく、平穏な生活を続けることを望むならば、多少の面倒事は避けては通れない。それは理解している。

「ですが、物は考えようですよ?」と瑞季は続ける。「級長は学級の取《と》り纏《まと》め役として面倒が多い反面、何にも代えがたい恩恵が得られます」

「恩恵……本当ですか?」

「ええ。緑峰様は四月の考査の結果を元に正妃を決定し、妃の序列も定めると仰っておられます。その際、学級の平均点が高得点であれば、それを取り纏めた級長にも加点をするとの仰せです」

——いや、加点なんていりませんよ。

思わずそう口にしそうになったが、すんでのところで押し留め、代わりに「それは光栄です」と答えた。

だって正妃になりたいだなんて思ったことすらない。母から託された白澤の弟子の本分を全うしつつ、父のいる白陽殿での暮らしを守りたいだけである。だから級長の加点などに一切興味はなかった。

けれどそれを公に口に出せば、また「不敬だ」とか「宮女の自覚が足りない」などと叱責の言葉をいただくことになるだけなので、この場では聞き流すのが正解だろう。そう判断した。

「……まあいいでしょう」

だがさすがは年の功。瑞季の方も先刻ご承知のようである。

「あなたがどう考えていようとも、緑峰様は才ある者を妃にと求められました。となれば、あなたが安穏と日々を過ごすことは叶わないでしょう。好むと好まざるとに拘《かかわ》らず」

「いえいえ、わたしなんて田舎出の貧相な小娘ですよ。皇帝陛下の期待に応えられるような能力なんて」

自重半分、面倒事に巻き込まれたくない気持ち半分で言ったところ、彼女は「そうですか」と微笑み交じりに返してきた。

そこで負けじと沙夜も笑顔を作り、しばしの間、乾いた空気の中で互いに微笑み合うというおかしな事態になってしまったが……。

「まあいいでしょう。すぐにわかります。何も問題が起きなければそれにこしたことはありませんしね。もう戻って構いませんよ」

瑞季が何やら思わせぶりなことを呟き、それを最後に面談は終了した。

あの言い様では、近いうちに何か問題が起こると言っているようなものだ。桔梗宮を出て帰路につく沙夜の肩にはずっしりと疲労感が堆積し、胸中には木枯らしのような空虚さと、将来に対する漠然とした不安が残った。


足取り重く、白陽殿に帰り着いた沙夜の視界に最初に入ったのは、本殿脇の広間でくつろぐ黒衣の宦官達だった。

緑峰が後宮を訪れる際に付き従えている者達である。この黒い行列を連れて後宮内を練り歩く姿は何とも威圧感があるが、どうやら歴代皇帝から続く伝統らしい。

しかし肝心の緑峰の姿がないとなると、ちょっと不穏な感じがする。

探してみるか。沙夜は会釈して宦官達の隣を抜け、耳を澄ましながら渡り廊下を進んでいくことにする。何故なら緑峰がいる場所は、大体騒がしい。その経験則にのっとっての行動である。

するとした案の定、厨房から笙鈴の声が聞こえてきた。悲鳴のような声である。

「――何をしていらっしゃるんですか、緑峰様」

友人が苛《いじ》められているのかと思い、厨房の入口を抜けるなり言葉を投げつけた沙夜。

しかし予想を上回る光景がそこには展開されていた。

「……ん。おお沙夜か、お帰り。ずいぶん遅かったな。授業はどうだった？」

「授業は普通でした。厨房で何をなさっておられるんです？」

「見ればわかるだろう。料理だ」

皇帝が身に着ける礼服の上に、白い料理着を羽織った彼が胸を張って言う。

一体全体、何がどうなれば一国の首長が厨房に立つことになるのか。

「りょ、緑峰様。お恐れながら申し上げますが」

厨房の隅で膝をついた笙鈴が、若干声を震わせながら告げる。

「料理着をお返し下さい。少しですが汚れていますし……。いえそもそも陛下に料理なんてさせたとあっては」

「ああ、構わん構わん。こう見えて慣れているからな。おまえ――笙鈴こそ怪我が治りきっていないのだろう。そこで座って見ているがいい」

「……あ、その。はい……わかりました」

名前を呼ばれ、途端に頬を朱に染める笙鈴。なかなか珍しいところが見られたものだ。そんな場合ではないのだろうが、沙夜は少し得をした気分になる。

緑峰の言う通り、笙鈴はまだ怪我の治療中だ。外見ではわからないが、襦裙の中では右腕を包帯で固定している。

白陽殿の尚食を務める彼女がそんな状態なので、最近は沙夜と春鈴、晨曦の三人で料理をしていたのだが……もしやそれを緑峰が聞きつけてしまったのか。

「緑峰様が、料理をなされるんですか？」

確認のために訊ねてみると、「ああそうだ」と力強い返事が返ってくる。

「皇子だった頃、手慰みに料理を覚えたのだ。……昔はいつも毒見役を通していたから、冷えた飯しか食えなくてな。しかしあるとき、仕入れから全て自分でやれば毒を盛られる危険はなくなると気付いた。これで温かい飯が食える、とな」

「ああ……なるほど。さすがですね」

正直、呆れてものが言えない。そんな理由で自ら料理をする皇帝なんて聞いたことがないからだ。

「困ったものですがね。一度こうなったら何を言っても無駄ですよ、沙夜」

そう言って話に割って入ってきたのは、緑峰の隣にいた黒衣の宦官である。

彼の名は綺進《きしん》。かつては黒の長髪を風になびかせていた彼であるが、今はばっさりと落とし、童女のような短髪に揃えている。美形はどんな髪型でも似合うのでずるい。

晨曦の術によって生ける屍《しかばね》――僵尸《きょうし》となった彼は、以前は宦官の中で第二位の権力者である中書侍郎《ちゅうしょじろう》の地位にあった。そしてその頃、燕晴の暗殺を目論《もくろ》む王蠍《おうろう》の手足となって動いていた彼を、沙夜は未だに心から許すことができない。

しかし僵尸という存在には本来、自由意志などないそうだ。操り人形に過ぎなかった彼に責任を問う考えは、父にも緑峰にもないらしかった。

「お久ぶりです綺進様。……元気そうですね」

「はは、もう死んでますけどね。でも、生きていたときより健康な生活を送ってますから、そう見えても不思議はないですかね？　日が昇ったら目を覚まし、日が落ちてそこそこすれば床につく毎日ですから」

からっとした言葉を返してくる彼。生きていた頃は仕事ずくめで眠る暇もなかったのだろうと考えると、少し同情的な気分にはなるが……。

「いつまでも遊ばせておくわけにもいかん。沙夜、綺進は白陽殿に常駐させることに決めたぞ。兄上の護衛兼側役《そばやく》だ」

えっ、と驚きを返す沙夜だったが、続く説明を聞くと納得せざるを得なかった。

綺進は僵尸だが、有能な官吏でもある。それをただ遊ばせておくことは勿体《もったい》ないが、さりとて皇帝の暗殺に加担した者を無罪放免にもできない。宮中で地位を与えて働かせることもできない。顔見知りが多すぎるからだ。

なので白陽殿に閉じ込め、父の護衛と身の回りの世話をさせることで、綺進の能力を活かしつつ罪滅ぼしの機会を与えようと考えたようだ。

そうすれば秘密は保たれる。父も公には死人とされているから、死人を死人が守るだなんて外聞の悪い話が世間に出回ることはありえない。緑峰が封殺するからだ。

ただし、そもそもの話として、沙夜は綺進という男を信じていない。出会ったときから胡散臭《うさんくさ》い男だと思い続けているが、現在の白陽殿には晨曦もいる。使役者である彼女に綺進は逆らえないようなので、そういう意味では保険もあるのだが……。

「何ですか沙夜、その反応は。もしかして嫌なのですか？」

と綺進が綺麗な顔を近づけてくる。

「覚えてます？　この都であなたと一番付き合いが長いのは、私なのですよ？」

「はい、存じ上げてます。僅差で緑峰様より早く出会いましたね」

「なのに警戒されているように感じるのですが？　この私の真摯な瞳を見なさいな。

二心などあろうはずありませんよ。ほら」

——いや見えないです。思いっきり目を細めてるじゃないですか。

沙夜は顔を逸らしつつそう思った。綺進は基本、細目だ。いつも開けているか開けていないかわからないくらいに瞼を閉じており、目尻をたらんと垂らしている。それだけなら柔らかい表情だと思えなくもないのだが、本性は間違いなく腹黒。何を考えているかわかったもんじゃない。

「なぁ嬢ちゃん。気持ちはわかるが認めてやってくれ」

そこで厨房に入ってきた男が、言いつつ沙夜の頭に手を載せた。硬く引き締まった顔つきに無精髭《ぶしょうひげ》を生やした青年官吏——袁周亥《えんしゅうい》だ。

颯爽《さっそう》とした長身の天辺《てっぺん》には幞頭《ぼくとう》を被っており、鍛え抜かれた腹回りには大帯《だいたい》を巻いて蔽膝《へいしつ》を垂らしている。宦官とも一風違う礼服を着た彼は、秘書監という皇帝の側近の地位を賜っているのだそうだ。

「周亥様がそう仰るなら……今は飲み込んでおきますが」

「そうか、助かる」

にかっと快活な笑みで答える周亥。そのやりとりを見て綺進はさらに機嫌を悪くしたようだが、自業自得だと思う。

「奥さんはお元気ですか？」

「ああ。まあ……もう死んでるから元気と言っていいかわからんが、この間両親にも紹介した。立派な嫁さんだって褒められて、嬉しそうにしていたぞ」

「それは何よりですね」

幸せそうなその情景を想像すると、ちょっと胸の内が温かくなってくる。

周亥の妻になった女性の名は〝朱莉《しゅり》〟。かつて晨曦の侍女だった彼女は、ある事件の際に無残にも命を落とした。

しかし晨曦の術によって僵尸として復活し、当初は元の屍に戻ることを望んだものの、いろいろあって周亥の妻になることを受け入れたのである。

「朱莉のやつもそうだが、僵尸ってのは本能的に術者には逆らえないらしい。おまえさんが綺進を胡散臭く思うのは当然だが、まあ問題はないと思うぜ」

「そうですね。すみません。いろいろ印象が悪かったもので」

「なんですか印象が悪いって。失礼な話ですよ」

唇を尖らしてそう言いつつ、綺進は懐から書状のようなものを取り出す。

「ときに沙夜」

「何ですか、綺進様」

「前から言っていますが、様付けはしなくていいですよ？　今は平《ひら》の宦官ですので」

「いえ、わたしが落ち着かないので結構です。それで何です？」

「なら仕方ありませんが……。あなたのためにこんな書状を用意しました。いつまでも下級宮女の身分では困るでしょうから」

「え。わたしの身分……ですか？」

不審に思いながらも、手を伸ばしてその書状を受け取り、慎重に開いてみた。

中にはいろいろ記されていたが……要約すると、〝尚異《しょうい》〟という役職に任ずるという旨がやたら修飾されて記載されていた。

「尚異……って何ですか」

「妖異にまつわる問題を一手に引き受け、解決に導くための部門とその役職だ」

説明を始めたのは緑峰である。彼は薄切りにした肉を鍋に入れ、炒めながら言葉を続けようとする。辺りにはほんわりと肉が焼ける良い匂いが漂い出した。

「今はおまえ一人だが、公にも通知は出している。何か困ったことがあれば役職名を使うといい。ちなみに身分は正六品《しょうろっぽん》相当だ」

「真に受けられるとは思えませんが……？」

想像しただけで頭が痛い。常人の目には映らない妖異の問題を解決する部署だなんて説明、うまくやれる自信があるはずもない。

そもそも尚六宮という概念の歴史は古い。尚宮《しょうきゅう》、尚服《しょうふく》、尚食、尚功《しょうこう》、尚寝《しょうしん》、尚儀《しょうぎ》が各部署の代表者に当たり、位階は正十品から正五品相当で各宮殿につき定員は二人。それぞれその名のごとく、宮殿の管理、衣服の管理、食の管理、報奨の管理、寝具の管理、儀典の管理を担っているのだ。ここに今さら尚異という役職を加え、尚七宮だと言い出したとしても、馴染《なじ》むまでどれだけ時間がかかることか……。

しかも現状、沙夜一人だ。定着する前に忘れられる気がする。

だがそんなこちらの不安をよそに、緑峰は手際よく調理を進めていく。

「妖異にまつわる事件は、後宮内で度々起こっていますからね」と綺進。「そろそろ専門の役職を据えてもいいのではないか、とそういう話になりまして」

「取って付けたような話ですね」

口元を手で隠しながらもっともらしい話を語る彼に、沙夜はげんなりしつつ言葉を返す。

絶対嘘だ。元々、沙夜の役職についてはずっと宙ぶらりん状態だった。それを何とかしろと誰かに言われたのではないか。多分、父辺りに。

「ちなみに拒否権はない」と周亥。「白陽殿の管理者がずっと空席なのも問題になっていてな。誰かを役職につけねば収まらなくなったのだ」

「……なるほど。なら仕方がないですね」

そういうことなら納得するしかない。白陽殿に住むもので役職をつけられる者は、あとは晨曦と笙鈴くらいだ。でも晨曦は元は燎の姫であるため、女学院に通って考査を受けるのが正道。そして笙鈴は既に尚食である。なら沙夜が受けるしかない。

考えてみると、そもそも沙夜が綜の都にやってきたのは、官吏を志してのことだ。後宮入りしてからはその目標を女官へと変えていたが、思いがけずその願いが叶ってしまったことになる。

だというのに、何の感慨も湧き上がってこない。もののついでのような形だったし、しかも新設された部署の役職という微妙な感じだ。喜んでいいものなのかどうかすらよくわからない。

「ふむ。ならば今日は祝いの席を設けよう。沙夜の昇進の、な」

芝居がかった口調で緑峰が言い、眩しいくらいに爽やかな笑顔を見せた。

それ絶対、今思い付いたやつだろうと思うも、賢明な沙夜は口には出さない。

ちなみにそのとき緑峰が作った料理は、たっぷりの羊肉を使った生姜《しょうが》炒めであり、味はまあまあ。

お付きの宦官達にも振る舞われ、彼らはしきりに絶賛していたが、それは皇帝陛下に恥をかかせてはならないという意図あってのことだろうと思う。その割には周亥も豪快に食べていたし、口うるさそうな綺進も静かに食べていたが。

いや、もしかすると綜国の一般的な食事としては、美味しい部類に入る料理だった可能性がある。でも白陽殿に住む沙夜達は、白澤図に記された調味料と香辛料で味付けされたものを普段から食しているので反応が鈍かったのだ。きっとそうだ。

気付かないうちに舌が肥えていた。後のことを考えると、沙夜がその可能性に思い至ったことがこの夜一番の収穫だったのかもしれない。


「――今日はわたくしも、一緒に行きますわ！」

翌朝の鍛錬と朝食を終え、女学院での授業に出席するため外出の用意をしていると、晨曦が沙夜の進路に立ちふさがるようにしてそう言った。

「まあ今日は陽射しも強くないし、大丈夫だと思うけど」

連日の修行の成果か、彼女はかなり力を制御できるようになったようだ。帽子や衣で日焼け対策をすれば、何とか日中の外出もこなせると思う。

「ええ。なので女学院の編入試験を受けにいきます」

「え、いきなり？」

鼻を大きく開けながら勢い込む晨曦を見て、昨日のことがそんなに悔しかったのか、と沙夜は考える。

緑峰が厨房にやってきたあのときに、彼女は常日頃のように昼寝をしていた。もちろん夕餉の時間には起こしにいったのだが、緑峰は侍従達に取り囲まれて食事をしており、晨曦が会話を交わすような隙はなかった。どうやらその機会損失を非常に惜しく思っているようなのだ。

「二度と好機は逃しませんわ！」

と、一念発起したらしい晨曦が強い意気を放つ。

焦り過ぎではないか、と止めることを少し考えるも、彼女の言うことにも一理ある。真夏の炎天下でもない限り、今の晨曦なら誤って女神の力を暴発させることもないだろう。それに緑峰が四月の考査で正妃を決めると言っている以上、その座を目指している彼女は出来る限り早く編入試験を受けるべきだ。

「わかった。じゃあ一緒に行こう」

「えー。晨曦様来んの？」

玄関まで晨曦と一緒に行くと、先に待っていた笙鈴が不満の声を上げた。

「……何ですの？　その反応は」

「だってその風貌、怪しいんだもん。こっちまで変な目で見られちゃうじゃない」

遠慮のない物言いを向ける笙鈴。別に本心から嫌っているわけではないのだろうが、彼女は何故か晨曦に辛辣だ。

「笙鈴さんは来なくて結構ですのよ？　まだ肩も治りきっていないでしょうし」

「授業を受ける分には支障ないよ。あたしだって遅れてるんだから」

「一緒に来なくてもいいでしょう。後から来なさいな」

「沙夜を置いて、晨曦様が先に行ったらいいじゃない」

「何故ですの？　意味がわかりません」

睨《にら》み合《あ》う二人。よくわからないのだが、お互いに何かしらの対抗心を燃やしているようである。それとも性格の不一致か。

「まあまあ、その辺で……。遅刻しちゃうよ、二人とも」

仲裁しようとすると、両方から厳しい視線が飛んできた。

「沙夜さんは黙ってらして」

そういえば以前、どちらが沙夜の親友なのかという話題で二人が揉めていたことを思い出す。そんなどうでもいい話を未だに引きずっているとは思えないが……。

結局二人の言い分はそのまま平行線を辿《たど》り、道中いがみ合う彼女達の中間を歩きながら、いつもより遠く感じる道を進んでやがて桔梗宮へと辿り着いた。

でもここまで来れば大丈夫。笙鈴とは教室が別であるため廊下の途中で別れることになった。晨曦は副学院長室へ行かねばならないため、もう少し道が同じだ。

ほっと息を吐きながら足を進め、教室の入口に到着した沙夜だったのだが……。

「――随分閑散としていませんか？」

後ろから少し教室内を覗《のぞ》き込んだ晨曦が、そんなことを言う。だがそれは正鵠《せいこく》を射た指摘だった。

見れば一目瞭然である。二十人分の机が並べられた広間にいる生徒の数は、たったの六人。しかも教卓から一番離れた最後尾に着席している。

「あら沙夜さん。おはようございます」

と、そこへ。廊下の向かい側から歩いてきた女性が、優美に声をかけてきた。

「おはようございます。蕎才人」

見知らぬ相手だと思ったのか、晨曦が隣で身を固くした気配があった。だが沙夜は平常通り朗らかに挨拶を返す。彼女は同志なのだから当然だ。

「そんなところに立ち止まって何を――。ああ、なるほど」

ちらりと教室の中を見た蕎才人は、何やら得心がいったようにうなずく。

「早速これですか。胡族出身の方々しか来られていませんね」

「何かご存じなんですか？　こうなった経緯について」

彼女の言う通り、教室内にいるのは胡族出身の生徒だけだ。みな袍服に身を包んでいるのでとても見分けやすい。

少しそこで間があって、ひそひそ声で返事が返ってくる。

「学級全体の成績が良ければ、その分級長にも加点がある。そういう噂が私のところにも聞こえてきました」

「……ああ、なるほど」

瞬時に全容を理解した沙夜は、思わず掌で顔を覆った。

ようするに、級長に加点を与えたくない者達が欠席しているというわけだ。

そもそも沙夜の立場を面白く思わない者は多い。田舎の出でありながら皇帝と知己であり、入学試験では首席までとった。なら当然四月の考査でも高順位になるだろう。誰でもそう予測する。

沙夜の足を引っ張りたい者が考えるのは、級長としての評判を落とし、可能ならば別の者に交代させることだ。そのために授業に参加しないという手段をとったわけだ。

自分の首を絞める結果にもなりうるというのに。

「馬鹿ばっかりですわね」

傍で聞いて事態を把握したのか、晨曦は呆れ顔でそう言い捨てる。

「そんなことしても自分の株が落ちるだけでしょうに」

「それでも面子を大事にしてしまうのですよ」と蕎才人は静かに答える。「女の闘いは退いたら負け。鉄の心で押し通せと教わっているでしょうから」

「やりようは他にもあると思いますわ。そもそも沙夜は妃になるつもりがないんですよ？　そういう噂も流れていると思いますが」

「公主だという噂も流れていますからね。身分でも成績でも上となれば、沙夜さんを超える学力を身につけるより、足を引っ張った方が早いと考えたのでしょう」

「困ったものですわね。――あら」

「級長殿とお見受けする」

晨曦と蕎才人の話に耳を傾けていると、気付かぬうちに一人の生徒が沙夜の背後に立っていた。

特徴的な胡族の衣裳――袍服に身を包んだ少女だ。長く艶のある黒髪を頭頂部で丸く纏め、残りを肩口に垂らしている。形容するならば馬の尾のような髪型だ。

肌の色は小麦色で、沙夜より頭一つ分背が高い。体つきも引き締まっている。

「級長殿は御存知かと思われますが、身共《みども》は〝凜風《りんぷう》〟と申す者に御座います。少々、聞いていただきたいお話があります。時間をとってはいただけないでしょうか」

声の響きからして、年齢は同じくらいだろうか。ただ背筋に鉄の棒でも入っているかのごとく姿勢がまっすぐで、どことなく武人風の雰囲気を漂わせていた。

「授業が始まるまでなら、構いませんけど」

威圧感のようなものを感じつつ、沙夜はそう答える。

すると彼女はよく通る澄み切った声で言った。

「ご覧になればご理解いただけるかと思いますが、身共は胡族の出身です」

「はい。それはもちろん、わかります」

胡族とは、かつてこの大陸を漢王朝が支配していた時代に、朝廷から外敵と判断された部族の総称である。

現代の言葉で言い直せば〝外国人〟。漢王朝は当初、国土の北側に住んでいた遊牧民達を〝匈奴《きょうど》〟と名付け、敵対勢力と見なした。それを始まりとして未知の部族を発見するたびに名前をつけ、五つの部族を〝五胡《ごこ》〟とし、朝敵と定めたのだという。

それから長い年月が流れ、今では胡族とは西側にある斉夏の、そのさらに西方に住まう部族のことを指す言葉となった。彼らは〝絹の道〟を通って行商をする民族だと綜国の民は認識している。一風変わった民族衣装を着て、綜国とは別の言葉を話し、肌の色も習慣も倫理観も違う、外国人であると。

「身共の家は隊商の護衛を生業《なりわい》としておりまして、幼少の頃から二国の間を往来する日々を送っておりました。なので他の者よりは綜の言葉に慣れております」

「確かに、そう思います。流暢な発音ですね」

「ですが同胞達は未だ不慣れでして……都出身の方々とは壁を感じています」

「でしょうね。仕方がないことではありますが」

後宮の歴史において、胡族出身の娘が妃となった例がないわけではない。ただし、上級妃に取り立てられたことは一度もなく、ましてや皇后になるだなんて考えられもしない。それが綜国に住む人々の一般的な観念だろうと思う。

そういった事情もあり、他の宮女たちとの壁は厚そうだ。言葉の問題もあるし価値観の違いもある。胡族のことを行商人風情と見下している宮女も数多くいるだろう。

「その壁を乗り越えるための方策について、級長殿はいかがお考えでしょうか」

「えっ？　いや……それは」

思わず動揺を見せてしまう沙夜。確かに壁はあるだろうし、問題は起きるだろう。

でもそれを解決する責任が級長にあるだなんて、思ってもみなかった。時間が経てばある程度緩和するだろうと、少々楽観的に考えていた。

でも言われてみて目から鱗だ。そういった問題に対処するため設けられている役職こそが、級長なのかもしれない。

「……ええっと、今のところは良い方策を思いついていないといいますか、ある程度様子を見て検討している段階と言いますか」

「ちょっとお待ちなさいな」

そこで一歩前に出たのは、晨曦だった。

◇

——明らかに、動揺しているな。

何かを言《い》い淀《よど》んでいる沙夜の姿を目にして、凜風は確信を深めていた。

間違いなく、彼女はただものではない。自分と同等かそれ以上の力を持っていると見るべきだ。国家の間諜か、皇室お抱えの術士か、もしくは皇帝の命を狙う暗殺者か。いずれにせよ尋常な相手ではないだろう。

凜風はまだ十六歳だが、隊商の護衛として九歳のときから剣を振るってきた。その際にこの世ならざる存在の恐ろしさを、しかと胸の内に刻み付けている。

平穏な都に住む人々には想像もできないだろうが、辺境には妖異と呼ばれる人知を超えた存在が跋扈《ばっこ》している。商人が襲われることなど珍しくもない。さらに凜風自身、仕留めた妖異の数は十や二十ではないのである。

だがしかし、その凜風の研ぎ澄まされた感覚を持ってしても、目の前の小柄な宮女は規格外と言う他ない存在だった。

恐るべき力を有していることはわかる。ただ話しているだけで、殺気に近い威迫が肌にびりびりと伝わってくるからだ。常人ならこの場に立っていることすらできないかもしれない。

ただその気配は、彼女自身の体から発せられているわけではない。沙夜という少女は、一見ただの非力な娘に見える。まるで暴風の中でその一帯だけ凪《なぎ》が生まれているように、力の波動をまったく感じない。

なのに彼女のすぐ近く……背後に伸びた影辺りから、途轍《とてつ》もない力の抑揚を感じる。これは明らかに不自然であり、経験したことがない程に異質だ。その場にじっとしているだけで侵食されるような恐怖を覚え、凜風はより警戒を強める。

そんな折、

「ちょっとお待ちなさいな」

沙夜の隣で静かに話を聞いていた少女が、こちらに向かって一歩前に出た。

赤に近い金髪をなびかせる、凜風の目から見ても非常に美しき少女だ。その名前は一応事前に調べてある。確か晨曦だったか。

「黙って聞いていれば勝手なことを。あなた方胡族出身者にも落ち度はありましょう。それを無視した一方的な言い様……愉快なものではありませんわね」

「承知の上だ」と凜風は返す。「こちらの非は分かっているし、今後努力もしよう。その上でどのような方策があるかと問うたのだ。他意はない」

「あらそうですの？　ならもう少しうまく敵意を隠しなさいな。まるで威嚇する猫のようでしたわ」

「……なるほど。それは失礼した」

漏れていたか。威嚇などしたつもりはないが、沙夜を警戒するあまり体に力が入ってしまったのかもしれない。まだまだ未熟者であることは否定しないが、これ以上はへりくだった態度も必要ないだろう。少し気が楽になる。

「そちらこそ、勝手に割って入ってきたくせに随分な物言いだな。燎の姫君よ」

「あら、御存知でしたの？　でしたら話は早いですわ」

どこから取り出したのか、晨曦は扇《おうぎ》を広げて口元を隠しながら続ける。

「沙夜に乱暴を働くつもりなら、まずわたくしが相手になりましてよ」

「そんなつもりはなかったが、まあやるというなら受けて立とう」

凜風は体勢を半身《はんみ》にし、相手の攻撃に備えた。

沙夜に比べればわかりやすい相手だ。晨曦の体からは陽炎《かげろう》のような妖気が立ち上っている。明らかに只人ではなく、何らかの術者。しかもかなり高位の存在だと見受けられる。

もしや古の神々の末裔《まつえい》だろうか。だが血の繋がりを尊ぶ貴族には珍しくもない。

さすがに個人の力では敵《かな》わないかもしれないが、凜風の一族が守護神として代々崇《あが》めている神異――〝孰湖《じゆくこ》〟の力をこの身に降ろせば、十分倒せる相手と見た。後ろにいる沙夜も含めてだ。僅かな間にそんな算段をつける。

だがそこで内なる声が制止を告げる。できれば切り札は見せたくない。少なくとも沙夜達が誅《ちゆう》すべき敵だと判断できるまで……。

よくよく考えると、ここで揉め事を起こすことによる今後への影響は少なくない。やめるべきか。しかしあちらはその気。どうすれば……。

「――はいそこまで」

そう言って割って入ったのは、これまでずっと場を静観していた下級妃だ。彼女は確か、蕎才人と言っただろうか。

「授業が始まりそうですよ。教室内に戻った方が良いのでは？」

言われて振り向くと、教室の前部に設けられた戸が開けられており、講師がまさに入ってくるところだった。となれば是非もない。

「やめよう。済まなかった」

そう言って構えを解くと、晨曦も立ち上らせていた気配を緩める。

「意外と臆病者ですわね？」

「挑発するな。まだお互いに敵だと確定したわけでもない。身共は沙夜殿に、少し訊ねたかっただけなのだ。その胸の内をな」

「ならとっとと行きなさい。授業が始まりますわよ」

ぱっぱと扇を振るいながら晨曦は言う。

「でも覚えておくといいですわ。沙夜に刃を向けようというなら、まずはわたくしが相手になると。何故なら沙夜は、わたくしの師匠なのですから」

「ふん、そうか。覚えておくとしよう」

そんな会話の間に、講師が教壇の前に立った。もう猶予はない。

あまり女学院の中で目立つようなことがあれば、今後動きにくくなる可能性があるし、同胞達の迷惑にもなる。この程度で切り上げておくのがいいだろう。

「では晨曦殿、また。沙夜殿、蕎才人、教室に入りましょう」

そう告げて凛風は颯爽と踵を返した。

◇

——あー、何事もなく終わってよかった。

いつもの気怠《けだる》い授業が始まった頃、沙夜は心底ほっとしていた。

凛風と晨曦が険悪な雰囲気になったときには肝を冷やしたが、何とか事なきを得ることができた。本当によかった。

短慮は良くないよ、という念を込めた視線を双方に送っていたのが伝わったらしい。いや、伝わっていないかもしれないが。……うん、多分伝わっていない。

ただ、凛風の方は最初から警告しに来たという感じだったので、実力行使までは考えていなかったのだろうと思う。

まあ彼女の言う通り、この状況は問題だ。授業に参加しているのは凛風を含む胡族出身者七名に、沙夜と蕎才人。教室の定員の半分にも達していない。

ずっとこのままならば、いずれ瑞季教官に怒られてしまうだろう。級長の資質なしと判断され、交代ということもあるかもしれない。一度この役割を任された身としては少々情けなくもある。考査の加点なんぞはどうでもいいが。

どうにかうまく解決したい。だが窓から注ぐ陽射しの暖かさもあり、考えれば考えるほどに思考の独楽《こま》は泥濘《ぬかるみ》を孕《はら》み、いつしか沼の底へと沈んでいくのだった。

一応弁明するが、決して眠りに落ちたわけではない。


その後はしばらく平穏かつ変化のない日々が過ぎた。

沙夜の教室は変わらず閑散としており、授業中に吹き込んできた隙間風に身を震わせた程だったが、凛風が物言いをつけてくることはなかった。授業の合間に何度か目が合ったりもしたが、敵意も好意も感じられなかった。

一度だけ、「胡族に対してどういう印象を持っている？」という旨の質問をされたのだが、それには「敬意を持っている」と答えた。

流浪の民である胡族が商う代表的な品と言えば、なんといっても香辛料だ。胡椒は綜国の料理でも好んで用いられており、かなりの高値で取引されている。

ではその香辛料を、胡族の祖先はどのようにして発見したのだろうか。恐らく土地を点々と移動する最中に、誰かが口に入れて確かめたに違いない。食糧として適しているかどうかをだ。

ただし、大量に摂取すれば毒となるものもある。それでも気の遠くなるような試行錯誤の果てに香辛料という文化が生まれ、やがて綜国へと伝わったのだ。これはもっと評価されるべき世界的な功績であり、雑草の食べ歩きを趣味としている沙夜にとっては敬意を抱かざるをえない偉業だったのである。

と、早口で説明したところ、凜風は「そうか」と言ってほのかな微笑を口角に浮かべ、以前のように颯爽と去っていった。

彼女がどう受け取ったのかはわからないが、それから胡族出身の生徒が教壇に近い席に座る確率が、少しだけ上がった気がする。

他の生徒は相変わらず出席していないが、よく考えると授業を受けるも受けないも彼女達の自由だ。宮女だって勉学ばかりに励んでいるわけにはいかない。みな内侍省から割り振られた仕事を抱えていて忙しいのだ。

裁縫や洗濯、食事の支度や寮の運営など、全てが宮女に任されている。それらを日の高い内に済ませなければいけないので、実は結構忙しい。そのためあまり授業を受けられない生徒もいるので、沙夜の学級だけが異常なわけではなかった。

だからいつしか現状を受け入れるようになっていた。級長失格ならばそれでいい。交代になった方が楽だしせいせいする、と。

開き直った沙夜は今日も授業終了と同時に教室を出て、そのまま意気揚々と白陽殿への帰路につく。

筮鈴は遅れを取り戻すために自習すると言うし、晨曦は瑞季教官に掛け合って編入試験の日取りを決めたものの、まだ実施されていない。なのでお留守番である。

だからいつもの通り一人で帰ることにしたのだが、竹林まで帰り着いたその瞬間、茂みの中から小さな影が目の前に飛び出してきた。

「あ、熊熊」

子貘豹の熊熊である。最近は竹林の入口でお迎えしてくれるようになった。何とも可愛いものである。

「おいでおいで……ぐっ！」

その場にしゃがみ込んで手招きした沙夜だったが、熊熊はまっすぐ胸に飛び込んできたりはしない。何故か迂回《うかい》するように背後に回ってから、無防備な背中におぶさってくるのである。

少し前に雄だと判明した彼は、撫でられたり抱き上げられたりするのを好まない。なのに、人に寄り添ったり匂いをつけるのは好きなようだ。だから自分本位での接触を度々行おうとしてくる。

「甘えん坊め……。よいしょっと」

まだ子供ではあるがしっかり重い。肩に爪が食い込んでちょっと痛くもある。それでも首の横から「はっはっ」と喜んでいるような息遣いが聞こえてくると、まあ仕方がないか、という気になってきた。

甘えたい盛りのこの時期に、母を亡くしているのだ。沙夜だって昔は……と考えると、あまり邪険にもできない。

ハクに言わせると、「動物が後ろから覆いかぶさってくるのは、己の方が優位だと周囲に喧伝《けんでん》しているのだ。つまり舐められているのだぞ」とのことだが、さすがに信じられない。こんなに無垢で素直で愛らしい熊熊が、人より優位に立とうなんて考えているわけないではないか。ちょっと噴飯ものである。

鼻息荒く歩き出した沙夜は、そのまま熊熊を背負って前に進む。

曇天の下、鬱蒼と茂る竹林の間の道は、既に夜のように薄暗い。とはいえここまで来ればさほどの距離もなく、やがて黒ずんだ白陽殿の外壁が見えてきた。

「――あっ」

ちょうどそのとき、熊熊がぱっと背中から降りて、慌てたように竹藪の中に戻って
いった。一体どうしたのだろう。何かの気配を感じ取ったように見えたが……。

不思議に思っていると、白陽殿の門扉が大きく開いて、内側から豪奢な礼服に身を
包んだ青年が歩み出てくる。

「帰ってきたか」

声をかけてきたのは緑峰である。よく見ると彼の後ろには、付き従う多数の宦官の
姿があった。とりあえず深々と頭を下げておく。

「皇帝陛下におかれましては、ご機嫌うるわしゅう――」

「そういうのは良い。折り入っておまえに話がある。こっちへ来い」

と、いつになく強引な態度で、彼は沙夜の腕を取った。

「えっ。何ですいきなり――」

「いいから来い。二人きりになれる場所へ行くぞ。おまえの寝所でいいか」

「ちょっ、待って下さい！　そんな！」

抵抗しようとはしてみたが、体格差があるのでまったく意味をなさない。

これだけの宦官が直立した姿勢で見守る中、緑峰と一緒に寝所に入る……。どこからどう見ても〝お渡り〟なのだが、本当に大丈夫なのだろうか。

皇帝陛下のお召しとあれば仕方がないのだが、緑峰が沙夜に手を出してくることはあり得ない。その程度には信用しているつもりだ。しかし状況的にまずいのは間違いなく……。混乱のあまり頭がぐるぐる回り、視界も目まぐるしく回っていたが、そのうち有無も言えないまま寝所に連れ込まれた。入口の戸がばたんと閉まる。

「先程、女学院に寄ってきた」

緑峰は部屋の隅に置かれた丸椅子を引き寄せて座ると、開口一番そう言った。

「深刻な差別が発生していると、副学院長から聞いたぞ」

「……ああ、はい。その話ですか」

まだ鼓動が鳴り止まない。立ったままの姿勢で話を聞こうとする沙夜に、緑峰は「長くなるかもしれん。自分の床《とこ》に座ったらどうだ」と勧めてくる。

お渡りの通例ならば、この会話も全て侍従の宦官が聞き取っているはずだ。今頃は寝所の壁に耳をくっつけているかもしれない。そう考えると非常に恥ずかしい。

「ええと、お茶でも用意してもらいましょうか」

「そんな場合ではない」

彼は真剣な目を向けてきた。

「おまえが級長を務める第一学級。半数以上の生徒が授業に出席していないそうだな。しかもその生徒達の一部は、裏で胡族出身者のことを〝豚女〟と揶揄《やゆ》しているらしい。知っていたか？」

「……いえ、それは初耳ですね」

豚女とは酷いことを言うものだ。

恐らくは胡族の娘達の体格を揶揄した言葉なのだろう。胡族は元より騎馬民族であり、馬に乗って広大な平原を遊牧しながら暮らしてきた者達だという。そのせいか、身体的な特徴がいくつかある。日に焼けており肌の色は濃く、肩幅は広くがっしりとしており、手も足も長く、出るところは出ている体型だ。必然、背も高い。

ふくよかな体型の娘もいないわけではないが、太っている者が多いわけではない。むしろ沙夜などは、彼女達のすらっとした肢体が羨ましく思える程である。

「匂いが問題なのだそうだ」

と、険しい顔つきで緑峰は続ける。

「気が付かなかったか？　胡族出身の娘達からは独特の匂いがするそうでな、近づくことすら忌避する者もいるらしい」

「匂い……？　わたしは特には」

「そうか。実は胡族の娘達はみな、桔梗宮の寮に住んでいるのだ。いずれは各宮殿に振り分けられることになると思うが、当面の間はな。これは知っていたか？」

「いえ、それも初耳です」

そう答えたが、考えてみればわかることだった。

一般的に、後宮入りした宮女は下働きから始まる。家格が高く最初から妃嬪扱いの者もいるが、そんなのはごく少数。大多数は各宮殿で働きながら宮女としての振る舞いを教わり、やがて各妃の専属となって位を上げていくものだ。

だが胡族出身者に家格はない。言葉が不自由な者もいるので下働きとしても使い難《にく》いのだろう。だから女学院で一定の課程を修了するまでは、まとめて同じ寮に入れておくことにした。そういう判断があったに違いない。

「その寮の尚宮がな、異臭がするとして訴え出てきたのだ。その結果、副学院長立ち会いの元で部屋を検めることになった」

「異臭、ですか。結果はどうだったのです？」

「胡族の娘たちの私物から、大量の香辛料が出てきたそうだ。それが異臭の原因だったらしい」

ああなるほど、と納得し、ぽんと手を叩く。

沙夜が彼女達の匂いに気付かなかったのも当然だ。白陽殿では普段から料理に香辛料を用いているので、既に慣れてしまっているのだろう。

「どんな香辛料が出てきたのですか？」

興味が出てきてそう訊ねたのだが、彼は表情を苦いものに変えた。今大事なところはそこじゃない、とでも言わんばかりだ。

「その大半が、見たことも嗅いだこともないものだったそうだ。当初は毒物ではないかと疑われそうだが、薬師に見せたところ全てが香辛料であることが判明した。俺も一部は見たが、何やらこう、八つの角がある星型のような――」

「〝八角《はっかく》〟ですね」

と沙夜は先んじて答える。あの独特な甘ったるい香りは、嗅ぎ慣れていないと変な匂いとして感じることもあるだろう。適量用いれば料理の味をぐんと引き上げるものなのだが。大量に入れるとえらい目に遭うけれども。

「話を戻すぞ。胡族出身者の大半は実家が行商を営んでいる。だから香辛料とは切っても切り離せない」

そう。綜国は胡族の行商人から多種の香辛料を輸入している。胡椒《こしょう》、山椒《さんしょう》、花椒《かしょう》、陳皮《ちんぴ》、丁香《ちょうじ》、肉桂《にっけい》、小茴香《しょうういきょう》——どれも非常に高価で、未だ沙夜が目にしたことすらないものもある。

さらに香辛料は旅食の防腐処理にも多用されるため、胡族の商人達は香辛料の匂いを自然と体に染みつけることになる。むしろ商いの世界では、その芳しい香りを身に纏うことが一流の商人の証、なんて言われることもあるそうだ。

「確かに、好き嫌いが出そうな匂いもあるでしょうが、そこまで嫌われるものなのでしょうか」

「実際嫌われているからな。あの八角は本当に凄い匂いだった。俺も胡椒や山椒ならば平気だが、あれを口に入れようとはさすがに思わん。毒物だと思われてしまうのも仕方がない」

まあ毒物でもあるのだが、と沙夜は内心で考える。

八角は薬としても用いられ、数多《あまた》の薬効を有する優秀な薬草だ。ただし適量で用いなければ毒にもなる。大量に摂取すれば幻覚を見たり、体が麻痺《まひ》したりする危険性もあるのだ。わざわざ口に出しては言わないけれど。

「とりあえず胡族の方には、部屋に香辛料を持ち込まないようにしてもらいますか」

「それも難しいようだ」

　緑峰はさらに表情を曇らせる。

「食事に対する不満が出ているのだ。胡族の娘達は、持ち込みの香辛料を使って料理をしてくれと要望してきた。しかし桔梗宮付きの尚食がそれを突っぱねている」

　そういえば、宮女の寮で出る食事内容は全て法令で決められているのだった。要望があったからといって彼女達にだけ特別に便宜を図るわけにはいかない。まあ緑峰の鶴の一声で何とかなりそうな気もするが。

「なるほど。香辛料の効いた食事に慣れ親しんだ者なら、どうしても一味足りないと感じてしまうのかもしれませんね。そういう部分でも一般の宮女と対立を起こしそうです」

「まさにそうなのだが……他人事《ひとごと》のように言ってもらっては困る」

　と、そこで少々厳しい口調になる彼。

「言ってはいなかったが、女学院の級分けは必ずしも入学試験の結果通りではない。おまえの教室には他国から来た娘を優先的に配置している」

「何となくそうではないかと思っていましたが」

　瑞季に言われた内偵のこともあるので、成績上位者を他国出身者が占めている現状に不自然さは感じていた。だからやはりかと思う。

緑峰もそこで沙夜が不満を抱いたことを察したようで、「ゆえあってのことだ」と言葉を続けた。

「入学試験でおまえに首席をとってもらったのも、こういうときのためだ。できれば級長として学級を取り纏めてもらいたい。……無理か？」

「無理です」と即答する。「差別意識なんて簡単には払拭できませんよ。胡族の方々だって歩み寄ろうとしているようには見えません」

些《いささ》か不敬な言葉遣いになっている自覚はあるが、あまり無理難題を言われても困る。

そもそも緑峰の要望は一つ叶えた。沙夜は入学試験でちゃんと首席をとったのだ。それに対する褒美もないまま次の要望では、信賞必罰という世間の原則から外れるのではないか？　そう思う。

「どうしてもそうせねばならぬ。そんな事情があると言っても？」

「ならその事情とやらを先に説明してください」

「そうか。後で聞かなければ良かったと思うかもしれんが……」

「あ、嘘です、すみません。やっぱり聞きたくないです」

「まあそう言うな」

彼はにやりと口角を上げた。もしかして最初から打ち明け話をするつもりでこの場に臨んでいたのだろうか。普段は見せないこの強引さといい、それが正解だという気がしてくる。

「少し長い話になるぞ」

「はぁ……」

にわかに漂い始めた徒《ただ》ならぬ空気。胸のざわめきが止まらない沙夜だったが、寝所の周りを宦官達が固めていることを思い出し、逃げ場はないとすぐに悟った。

「――招星《しょうせい》宰相が、綺進様を殺害した張本人？」

「そうだ。そして俺の実の父、でもあるらしい」

それはまさに驚天動地。衝撃の真実と言って差し支えない内容だった。

元中書令《ちゅうしょれい》であった王蠟が、燕帝暗殺を目論んだ春の事件。その裏側で招星宰相が暗躍していたらしいのだが……。

「王蠟の目的は、燕帝を暗殺して曜璋を皇位に据え、幼帝を陰から操る傀儡《かいらい》政権を打ち立てることだった。だから当時、王蠟の側近であった綺進もいくつかの汚れ仕事に関与している。しかしその時点で既に綺進は招星に殺害されており、彼の操り人形に身を落としていたのだ」

緑峰の口から重苦しい吐露が続く。

しかしだ。間接的にとはいえ父の暗殺に宰相が関係していたと言われれば、沙夜も口をつぐんではいられない。

「つまりあの事件の黒幕は、招星宰相だったということですか？」

「ある意味、そうだ。直接的には暗殺計画に関わってはいないが、宰相という立場にありながら皇帝に向けられた殺意を看過した。黙認したと言ってもいい」

「その話、父は知っているんでしょうか。皇太后様は？」

「両名ともご存知だ。随分前に話をした」

随分前ということは……恐らく情報源は晨曦なのだろう。

で、あればもはや疑うべくもない。晨曦は綺進を僵尸に変えた〝赶屍術《がんしじゅつ》〟の術者だ。誰かに依頼されて術を行使したのだと聞いていたが、その依頼者が招星宰相だったに違いない。

「招星宰相は父の友人だと聞いています。それがどうして？」

さらに母、陽沙とも面識があったと聞いている。それだけ深く付き合いのある人物が、何故今さら父を害し、皇位を簒奪《さんだつ》しようなどと考えたのだろうか。

その疑念を読み取ったかのように彼は答える。

「燕帝は歴代皇帝きっての平和論者だった。燎や斉夏とこれまで以上に交流を深め、戦争を良しとしない融和政策を推し進めてきた。だから排除されたと見るのが妥当だろう。招星は強硬派の筆頭だからな」

「……そんな理由で、ですか」

沙夜にはまったく理解ができなかった。

思えば晨曦が巻き込まれた事件の際にも、招星宰相が燎との開戦準備をしていると耳にした。そこまで戦にこだわる人間の気持ちがわからない。

「無論、俺は燕帝と同じ融和派だ」

少し冷静さを取り戻した声で、緑峰は続ける。

「中原《ちゅうげん》を始めとする肥沃な国土を持つ綜には、これ以上侵略戦争を行う必要はないと思っている。特に南部の開発は未だ途上だ。国土の隅々まで目が届いているとも言い難い。そんな状態で北や西に侵攻する意味などない」

沙夜の感覚からしても、それが妥当だと思える。

とはいえ、燎と斉夏が足並みを揃えてくれるわけではない以上、外交上の一手段としての戦争まで否定するわけではない。やむにやまれず、ということはあるだろう。だが少なくとも、綜から打って出るような事態は避けるべきだ。

「……しかし今の俺には、力が足りない」

自嘲のような笑みを浮かべつつ、呟くように彼は言う。

「軍部は招星に掌握されている。内朝の官吏もどこまで味方なのかわからん。今の俺が自由にできるのは禁軍と、この後宮だけだ」

「ああ……それで後宮女学院なのですか」

彼の物言いにぴんときて、すぐにそう返した。

緑峰はまっすぐこちらに視線を合わせつつ、深くうなずく。

「融和政策の一環だ。他国の子女を後宮に招き入れ、外戚関係を築き戦争という手段に目が行かないようにしたい。争うよりも親しくする方が得だと思わせたいのだ」

「ですがそれは、危険な試みでもありますよ？」

「覚悟の上だ」

はっきりとした意思を宿した瞳だ。既に腹はくくっていると雄弁に訴えかけてくる。それを見てしまった以上、もはや何も言えなくなる。

後宮妃を他国から広く募れば、融和を望む人は増えるかもしれない。だがそれ以上に、外患を招き寄せる可能性が非常に高い。

密偵や暗殺者が宮女として送り込まれてくることもある。招星宰相が融和政策を潰すために工作員を後宮入りさせることも考えられる。つまり諸刃《もろは》の策だ。

けれど緑峰には、きっと他に選べる手段がなかったのだろう。父や皇太后にも相談した上で、後宮女学院の設立を決めたのだ。その有効性も危険性も全て理解しているに違いない。

そして、だからこそ――

「……級長としてのわたしに、緑峰様が期待している役割は」

「おまえの考えている通りだ」と、何故か笑顔になりつつ彼は答える。「そのために、おまえの教室に外国からきた者を集めた」

「ですよねぇ……」

胸の内で盛大に溜息を放つ沙夜。最初からそのつもりだったのか。

他国との融和の懸け橋になれと、緑峰はそう言っているのだ。しかも同時に外患となる恐れのある者を調べて報告しろとも。

内偵どころの話ではない。知らぬ間にとんでもない大任を任されていたものだ。恨み言の一つも言いたくなる。

「……一応お訊ねしますけど、わたしが拒否するとは思われないんですか？」

そう口にすると、何やら寝所の周囲から目に見えぬ圧力が放たれた気がした。辺りを取り囲む宦官達から、言葉にならない批難が飛んできているようだ。

だけど、それでも安請け合いなんてできない。沙夜一人の力でどうにかなると思われたくもない。実際、情けないほどに無力なのだから、過剰な期待は困る。

「そうだな。そのときはそのとき、とは思っているが」

彼は目尻を緩め、吐息からかすかな諦観の念を漂わせる。

「おまえは俺のことをどう思う？　招星が父親だと言っただろう。おまえの父を殺《あや》めようとした男が俺の実の父だ。そしておまえとの間に血の繋がりがないことも判明した。それでも協力してくれるか？」

「それは、その……」

沙夜にとって緑峰は父の弟。つまり叔父だ。ずっとそう思っていた。

血の繋がりを否定されたところで、今さらそれは変わらない気がする。何より緑峰のどこか寂し気な表情を見てしまうと、もう少しだけ、できるだけ力になってあげたいと思えてしまった。

「不敬ついでに言いますけど、わたしにとって緑峰様は、危なっかしくて放っておけない人、ですかね」

「そうか。そう言ってくれるなら、俺は嬉しい」

ふわりと微笑を浮かべ、すぐに明るい表情になる緑峰。

——ずるい。そんな顔をされたら裏切れないじゃないか。

人格的には以前から好ましいと思っていた。愚直と呼べる程に真面目で公正で、己が正義のために命を懸けて突き進める人。

血の繋がりはなくとも、確かに父と同じ匂いがする。自分よりも民の幸せを優先し、貧乏くじばかりを引いてしまう人だ。だからきっと今後も、彼のことを嫌いにはなれないのだろうと結論を出す。

「わかりました。一度任された仕事ですから最後までやり遂げます。わたしにできるのはそれくらいですけど」

内朝での権力争いや国家間の駆け引きなんて知ったことではない。沙夜の小さな体でそんな大事に関われるはずもない。興味も持てない。

だからあくまで級長として級友たちの面倒を見る。そのくらいなら全力を尽くせば何とかなるんじゃないだろうか。

「その代わり、もう隠し事はなしにして下さいよ？　今後は何かあるなら先に言って下さい。この先も緑峰様のことを信じるためにも」

「わかった。済まんが、よろしく頼む」

そう言って自然な動作で右手を伸ばしてくる彼。

下級宮女に握手を求めてくるなんて、本当に変わった皇帝陛下だ。

そうは思うものの口には出さず、沙夜は緑峰の手をしっかりと握り返した。


さてさて。問題を解決すると決めたのなら、可及的速やかに動き出すべきだ。どこか遠い国には〝時は金なり〟なんて格言があると白澤図にも記されていた。

授業に出てこない級友たちの意識を変え、あの教室の雰囲気を変え、さらに胡族出身者との間にある壁を撤廃する。他国との融和への道はそこからだ。考えれば考える程に途轍もない難題に思えてくるが……。

一人で考えていても埒があかない。よし、こういうときにはみんなの力を借りよう。

そういったわけで夕餉の時刻を待ち、食卓に相談事を投下してみた。

「――なかなか難しいですね」

そう言って思案するように目を伏せたのは蕎才人である。ここ最近、彼女が白陽殿を訪れる頻度はさらに上がっており、夕食時前後に遊びにくる姿はもはや恒例のものとなっていた。今夜もちゃっかり父の隣の席を確保している。

「まず沙夜さんに言っておきたいのですが、宮女達の差別意識を消すことはほぼ不可能だと考えて下さい。文化の違い、価値観の違いというものは一朝一夕に変えられるものではありませんしね。とりあえずは、どちらかの陣営に心を開かせるところから始めませんと」

十年以上の時を後宮で過ごしている彼女の言葉はさすがに重い。なので沙夜もやや認識を改める。差別意識の払拭は当面無理だ、と。

「凜風さん、でしたか」蒼才人は続ける。「あのときの態度も、そういうことだったのかもしれませんね」

「……ああ、確かにそうですね」

と同意を返した。あのときの凜風は初対面にも拘らず、何か言葉にできない怒りの感情に突き動かされているようだった。

〝差別されている〟と口にするのは難しいに決まっている。級長の沙夜だって綜国の人間だ。味方だと信じられる材料なんてどこにもない。だから凜風はあのとき、一見粗暴に見える態度で話しかけてきたのではないか。

「どちらか一方に注力すべきでしょうね」

と次に提案してきたのは黒衣の宦官、綺進だ。彼は食卓についた父の後ろに立ち、護衛役の本分を全うしているところである。

「授業に出てこない娘達はとりあえず置いておいて、接触機会の多い胡族出身者に的を絞った方がよいでしょう。ちょうど話のできる者もいるようですし」

「ならさ、さっき言ってた不満を解消してあげたらどうかな」

笙鈴がそう言って続く。

彼女の前には綺麗に食べ終えられた皿がある。ちなみに今日の夕餉も緑峰が腕を振るってくれたものだが、味は正直いまいちだった。

羊肉と野菜を炒めた皿と、羊の骨で出汁《だし》をとった汁物が一つずつ。調理した本人は仕事があると言って帰ってしまったので味の感想は言えず仕舞いだが、やはりもう少し香辛料と調味料にこだわった方がいい気がする。

「不満っていうのは、寮の食事の？」

沙夜が訊くと、笙鈴は首肯しつつ答える。

「香辛料をいっぱい効かせた料理を食べさせてやれば、ある程度信用を勝ち取れるんじゃないかな」

「でも寮の食事は法令で決まって……」

「そんなのお昼に食べさせればいいじゃん。裕福な妃達は自前で軽食をとってるよ。お茶会と称して」

なるほど、それは盲点だった。

一般的な食事回数は朝晩の二回だ。小腹の空くお昼には、余裕のある者はお菓子や軽食を取るのが普通である。すなわち昼に何を食べるかは各自の自由であり、法令の定めるところによらない。

「いいと思う」と続けて発言したのは春鈴。「沙姐《しゃーねえ》はさ、胡族の人達の匂い、気にならなかったんでしょ？」

「うん。そうだよ春鈴。それが？」

「香辛料の効いた料理を食べて、慣れればみんな気にならなくなると思うの。だからみんなに美味しい料理を振る舞えばいいと思う」

「確かにその通りだね。そうか、みんなに……」

なら料理をする場所は女学院内――桔梗宮の厨房で決まりだ。授業終了時に完成するよう朝から調理をしておいて、帰り際の生徒たちを匂いで釘付けにするのだ。

授業の疲れから小腹の空いた彼女達に、香辛料を用いた料理の誘惑は凄《すさ》まじい効果を発揮しそうだ。基本的には胡族出身者のために料理を作るが、食べてみたいと望む者には惜しまず与える。差別意識の緩和にも効果があるかもしれない。

「となると、あとはどんな料理を作るか、だけど」

「――八角だ」

そう言いつつ、食卓の上にぴょんと飛び上がってきたのは、白猫姿に変化したハクだった。

彼はそのまま茶菓子の皿に前足を伸ばし、器用に手前によせて齧《かじ》り始める。

「ね、猫ちゃん……」

蒼才人は目を大きく開きつつ、ハクの愛らしさに魅了されたように手をわきわきとし始めた。

彼女は一見、一分の隙も無い完璧な貴族令嬢のような佇まいではあるが、実は内面は誰より乙女で可愛いもの好きである。だからそれが垣間見《かいまみ》える瞬間を沙夜はとても好ましく思っている。余談ではあるが。

「触っても怒られませんよ」

「え、本当に？　いえ別に触りたいわけじゃないですけど」

取り繕うようにそう言った蒼才人に「本当です」と声をかけると、彼女は嬉々《きき》としてハクの顎を撫で始めた。

「八角だと言っているだろう」

彼は撫でられつつ、ちょっと頬を膨ませて本題に戻す。

「どんな料理を作るかなど考えるまでもない。胡族の娘が八角を持ち込んだと言っていたではないか。なら作るべきものはアレで決まりだ」

「なるほど！　アレですね！」

椅子から腰を浮かせながら沙夜は言う。八角と言えばあの料理だ。

過去にも一度だけ作ったことがある。というのも、白澤図には森羅万象全ての事象が網羅されていると言われており、妖異に関する記述や病魔への対抗策のみならず、美味しい料理の調理法までしっかり記載されているのだ。

「久方ぶりに喰いたいぞ、アレが」

「賛同しますハク様。アレは最高ですよね」

「うむ。たくさん試作すると良い。間違いがあってはいかんからな」

考えただけで口の中によだれが湧いてくる。以前、食べたときには美味し過ぎて頬が落ちるかと思ったくらいだ。

あのときは父や笙鈴達も大絶賛し、普段食に興味のない天狐まで一皿ぺろっとたいらげていた。アレは実にいいものだ。

「えっと、アレって何です？」

食べたことのない翕才人と綺進だけが不思議そうな目でこちらを見ているが、アレを作ることはもはや決定事項だ。迷わず邁進すべし。

「当日まで秘密です。まずは緑峰様に予算をお願いする必要がありますね。女学院内の施設をお借りするので、皇太后様にも許可を得なくちゃ」

「協力しますわよ、沙夜」

最後に晨曦が胸の前で両腕を構えてそう言った。

みんなに相談するとさすがに早い。もう当面の活動方針が決まってしまった。

緑峰に難解な問題を突きつけられたときには、この先どうなるのだろうと少し憂鬱な気分になったが、今はもう明日が楽しみでたまらない。

そんな現金な自分に気が付いて、少し声を漏らして笑ってしまう沙夜だった。


そこからの動きは速かった。翌日すぐに皇太后に面会を申し入れ、生徒間の問題を解決するためだと熱心に説明すると、厨房使用の許可は簡単に下りた。持つべきものは権力者の後ろ盾である。

緑峰に予算を申請するとそれも簡単に通ったので、その後三日の間は準備と料理の試作に充て、万全を期することにした。

そうしてあっという間にやってきた作戦決行の日。手伝いを申し出てくれた笙鈴、晨曦と共に朝早く桔梗宮に向かい、尚食の許可を得て厨房に入ったところ、予期せぬ人物の姿がそこにあった。

「――遅かったな。待っていたぞ」

緑峰である。いつものように大勢の宦官達を引き連れているせいで、調理器具が見えない程に厨房の中が満員だ。ちょっと困る。

沙夜がその状況に苦笑していると、原因を察した緑峰が手を振って「外で待っていてくれ」と号令をかけた。すると速やかに侍従達が厨房の外に出ていく。

「ああ、良い機会だから紹介しておくとしよう。中書令の〝韓黄蓋《かんこうがい》〟だ」

続けて彼が言うと、黒衣の集団から熟年の男性が一人、沙夜の前に歩み出てきた。

「紹介に与りました、黄蓋と申します。どうぞよろしく」

「あ、これはご丁寧に」

恐縮しながら礼を取り、挨拶を返すが内心、「なんて人を連れてきたのだ」と思う。

緑峰は軽く「紹介しておこう」などと言っていたが、中書令は宦官の最高位である。綜国全体でも第三位の地位にあたる人物だ。

「そう固くなられずとも良いですよ」

彼は柔和に表情を崩しながら笑いかけてくる。しかしその内面はどうかわからないので油断はできない。

　綜国の全制度を実質的に取り仕切っているのは、三つの省である。それぞれ尚書省《しょうしょしょう》、門下省《もんかしょう》、中書省《ちゅうしょしょう》と呼ばれており、皇帝が発する詔勅《しょうちょく》はまず中書省で起案され、門下省が審議した上で決定し、尚書省で執行するという形式をとっている。

　すなわちこの三省を取り纏める者が国の実権を握っているわけだが、尚書省を司る尚書令《しょうしょれい》は慣例的に皇帝が兼務することになっている。

　門下省を取り纏めるのは、門下侍中《もんかじちゅう》である招星宰相。そして中書省の頭である中書令はこの黄蓋だというわけだ。ようするに考えるまでもない程の重鎮なのである。

「ははは。小生など繰り上がりで役職を得たに過ぎませんから」

　笑いながらぽんと自らの額を叩き、彼は陽気な声を上げた。

「王蠟殿と綺進殿が失脚し、他にもたくさんの同僚が汚職で消えた上での昇進ですから喜べません。別に私の仕事振りが評価されたわけではありませんし……まあ棚からぼた餅というやつですな」

「そ、そうですか。それは何よりです」

　あまりに明け透けに言うので、若干意味不明な返答をしてしまった。

　見る限りは優しげな気配を身に纏う、善良で真面目な官吏だと思える。年齢は五十を少し過ぎているだろうか。宦官特有のつるりとした白い肌が、加齢のためか全体的にちょっと垂れ下がっている。福の神を象った彫像を彷彿とさせる容姿だ。

「面通しは終わったな。なら早速調理工程を説明してくれ」

緑峰が手招きして呼ぶので、そちらに顔を向けた。

「香辛料を用いた面白い料理を作ると聞いてな、楽しみにしていたのだ」

「わかりました。でも調理自体は楽しいものとは思えませんが」

「そうでもない。自分で料理をするときの参考になるからな」

その言い様を聞いて、彼は自分の料理が好評を得られていないことに気付いているのかもしれないと思った。口には出さないが。

「承知しました。では早速……」

沙夜は持参した食材の包みを開け、緑峰の前に提示する。

「こちらが食材の豚肉です。どうぞお検め下さい」

彼は毒見を嫌い、自ら仕入れを行う程の人間だ。だから食材を検めてもらった方がいいと思ったのだが、眦を釣り上げて反応したのは後ろで見ていた黄蓋の方だった。

「豚肉……？　沙夜殿、毛が生えているのだが」

「はい。皮付きのものを仕入れたので、多少毛が残っていますね。これはこうして取り除きます」

竈の上に鍋を置き、ある程度熱せられたところで豚の塊肉を片手で摑み、鍋肌に豚の皮を押し当てるようにする。するとじゅわっという音とともに皮表面が焼け、手元に戻すと毛だけが黒く焦げていた。

「こうすれば毛が取れますので」

「いや、待ちなさい。汚くはないか。豚は不潔な生き物なのだから」

黄蓋は口元を覆いながら言い、視線で沙夜と豚肉を往復する。信じられないものでも目にしたというふうに。

溜息をつきそうになるが、仕方がない。実を言うとこれが都の人の一般的な反応なのである。沙夜は前もってそれを知っていた。

食肉としての豚の地位は非常に低い。貧困層の人々であっても喜んで食べるものではない、と称されるくらいだ。豚女という言葉が蔑称として存在している背景には、この食肉事情も関係しているのではと考えている。

「豚が不潔だというのは誤解です。本来はとても綺麗好きな生き物なのですが、飼育環境によって——」

と、一応説明しておくことにする。普段の生活の中で培われた価値観はそう簡単に変わらないだろうが、食べられてくれる豚の名誉のためだ。

豚は本来、森林や湿地、河岸などの湿潤環境に生息する動物だ。そのため体表に毛が少なく、発汗機能が弱い。なので強い陽射しや乾燥した気候に対応するため、水溜まりや泥を転がって体表を湿らそうとする習性がある。だが身近にそれらがない場合、自らを守るために自身の糞尿《ふんにょう》を身に纏うことがあるのだ。

「糞尿を……？　よりによってそんなものを陛下の口に――」

「一例を挙げたまでです。この豚肉は適正な環境で飼育されておりますので、不潔ではありません。……豚肉があまり歓迎されないことは知っています。都では」

「まあな」

緑峰は苦笑する。

「貴族や高級官僚の間では、羊肉が食べられることが一つの自慢となっている。豚肉を喜んで食べる者はいないという認識だ」

彼の言う通り、現在の綜国では羊肉が一番で、最も好んで食べられているらしい。次いで鶏肉《とりにく》、それから豚肉だ。牛は水田耕作事業のために労働力として用いられており、と殺禁止令が出されているため食卓に並ぶことはない。なので事実上、豚肉は肉類で最も忌み嫌われていることになる。

「わたし、後宮に来て最初に思ったのは、都の人って全然お肉を食べないんだなってことでした」

「田舎から出てくるとそう感じるかもしれんな。羊肉は高いし庶民の口には入らない。かといって他の肉もな……」

唐代から狩猟が忌避される傾向にあることも、一つの要因だと思う。

これは市井にも良く知られている逸話だが……唐代のとある狩猟を好んだ官僚が、生き物の生死を司る冥府の王、〝閻羅王《えんらおう》〟に死後罰を受け、地獄に落とされたという話があるのだ。

その逸話が語り継がれ、広まっていく内に都で狩猟をする者はいなくなったそうだ。何故ならば、綜の都から少し見上げれば目に映る霊峰、泰山を治めるのは冥府の王。閻羅王の化身の一つである東嶽大帝なのだ。神のお膝元で殺生を楽しむような気概は誰にもありはしなかったのである。

「それでなくとも、豚は卑しい動物だとされています」と黄蓋。「怠惰で暴食。肉は臭くて硬く、大量に食べれば病の原因になるとも」

「全部偏見なんですけどね。豚は人懐っこくてとても頭が良い生き物です。肉が臭いのは餌のせいですよ」

沙夜は故郷で豚を飼っていたので知っている。繁殖力が非常に強く、生まれて半年くらいで食用になる点も家畜としては素晴らしいと思っていた。なのに都の人は全然食べないのだと知って唖然《あぜん》としたものだ。

「一応確認しますが、緑峰様は平気ですか？　豚肉」

「特に嫌悪感などはないな。従軍していた頃に遠征地でよく口にした。西部では普通に食べられていたぞ」

そう言って裏表のなさそうな顔で爽やかに笑う彼。

国の元首である人に理解があるというのはありがたい。その事実に今日ほど感謝したことはなかったな、と苦々しげな黄蓋の反応を見て思う。

「では、一度豚肉に熱湯で火を通します。この工程で余計な脂が落ち、ある程度肉の臭みも抑えることができます」

「ひと手間、というやつだな。それから？」

「あとは再び鍋に水を入れ、そこに長葱《ながねぎ》と薄切りにした生姜を入れます。その上に拳大に切った豚肉を載せ、煮汁には醤油《しょうゆ》、酒、砂糖、蜂蜜を加えて、香辛料の八角を一つ。あとは蓋をしてひたすら煮込みます」

「それだけか？　実に簡単だな。あの八角を使うというのは少し怖いが」

口角を片側だけ上げ、頬をひくつかせる緑峰。沙夜は小さく首を横に振り、「一つの鍋に一つだけですから」と返す。

「工程は簡単なのですが、煮込み時間はかなりかかります。今から煮込んでも、食べられるのは正午くらいになりますね」

「なるほど。それでこんな早朝に調理を始めたのだな」

得心がいったように彼は言い、「授業にもしっかり出られるな」と続ける。

「鍋の様子は俺が見ておこう。行ってくるといい」

「……はい、ではお任せします。煮汁が足りなくなって焦げ付きそうになったら水を足して下さい。多分大丈夫ですけど」

沙夜がそう答えると、黄蓋から「本気で皇帝に手伝わせる気か」と言わんばかりの視線が飛んできた。しかし本人がやると言うのだから仕方がない。

助手に徹してここまで何も喋らなかった晨曦は、緑峰と一緒のときを過ごせると聞いて嬉しそうだ。逆に授業に出なければいけない笙鈴は残念そうな顔をしている。

待てよ。この反応からして実は笙鈴も緑峰のことを……と、ついつい邪推してしまいそうになるが、いつまでもこの場に留まっていては遅刻してしまう。

「授業が終わればまた参りますので、それでは失礼いたします」

最後に深々と一礼をして、沙夜は厨房から足早に立ち去った。

「――で、どうしてこんなことに……？」

授業が終わるなり、急ぎ足で食堂に戻った沙夜は、そこで信じられない光景を見た。

常日頃は宮女達が食事に使っている簡素な食卓。しかし今、そこに座っているのは現皇帝である緑峰だ。さらにその向かい側の席には、皇太后である紫苑。加えて隣には、次期皇帝の曜璋までもが着席していたのである。

「あ、姉様」

と、こちらに気付いた曜璋が手を振ってくれるが、そんな場合ではない。

いや可愛いけど。手を振り返さずにはいられないけど。でも周囲の空気がそれを許してくれないのだ。

緑峰に付き従う者達の中に、もしも次代である曜璋がいなくなれば……と考える者がいないとは言い切れない。皇太后の侍女達だって当然その懸念を持っているだろう。緑峰の部下がいつ曜璋に刃を向けても守れるよう、見るからに気を張っている。

そんなわけで食堂の内部には、今や恐ろしい程の緊張感が漂っていた。緑峰の傍らに立つ黄蓋と、皇太后の傍らに立つ瑞季教官の表情も険しい。これではお昼時の楽しい軽食の場だなんて口が裂けても言えない。

——これじゃ本来の目的が……。

ちょっと頭痛がしてきて、沙夜は額を押さえた。本来は香辛料を使った料理を胡族出身者に食べてもらい、その美味しそうに食べる姿で一般生徒の関心を惹《ひ》き、いずれは席を並べて一緒に食事を楽しめればいいな……なんて考えていたのに。

「授業は終わったようだな」と緑峰が声をかけてくる。「晨曦と笙鈴が仕上げをすると言っていたが、何をしているのだ？」

「ああ、はい。蒸しています」

こうなってしまったら仕方がない。気を取り直して解説していく。

「煮汁から豚肉を取り出し、長葱と生姜も取り除いた上で、煮汁をある程度煮詰めて粘度を出します。そして煮上がった豚肉を蒸籠に入れ、その上から煮詰まった煮汁をかけて、しばらく蒸し上げます。そうすれば——」

そこまで説明したところで、両手に皿を持った晨曦が厨房の奥から出てきた。どうやらちょうど完成したようである。

「——どうぞ。こちらが豚の〝角煮《かくに》〟です」

沙夜の言葉に合わせ、一分の隙も無い作法で緑峰の前に皿を差し出す晨曦。

するとと少し場の空気が変わった。綜国を代表する貴人が勢ぞろいしているせいか、飾り気のない寮の食堂だというのに、そこだけ宮殿の会食場のように見える。

「ほう、角煮とな」

そう口に出したのは皇太后の紫苑だ。

「初めて耳にする料理じゃな。見たところ美味しそうではあるが」

「はい。煮込む際に八角という香辛料を用いますので、そう名付けられたようです。八角はかなり匂いに特徴のある香辛料なのですが、その分煮込むことによって厚切りにした豚肉の中心部まで風味が届き、臭みを消した上で華やかな香りをつけ足してくれるのです」

本来は〝八角煮〟と名付けるべきだと思うのだが、白澤図に記されていた名は角煮であった。何故かとハクに問いかけたところ、「たかが香辛料のくせに八つ角というのが気に入らん」と返答があった。

文献によると白澤とは、六つの角と九つの眼をもつ神獣だとされている。だからか角の多さにこだわりがあるらしい。よくわからない話だが。

普段目にしている白猫姿にも、あの身震いする程に美しい青年の頭にも、角なんてない。もしかするとハクには別に、神獣としての形態があるのかもしれないとは考えたが、残念ながらそれを追究する機会は未だ訪れていない。

何にせよ、ハクはハクだ。昨夜、試作した角煮を美味《うま》そうにたいらげていたあの姿こそが本性なのだと思うことにする。

「――美味い。とろけるようだ」

そうこうしているうちに、角煮を口にした緑峰の口から賛辞が漏れた。

よしよし。当然だろう。この角煮という料理は本当に美味い。

豚は三枚肉と呼ばれる部位を使っているのだが、その名称通りに脂身と赤身が交互に重なって三層を形成している。それぞれが別の歯触りと味わいを生み出し、それでいて非常に柔らかく口に入れるとほろりと解《ほど》け、しかも煮込むことによって余分な脂が煮汁に落ちているのであっさりと食べられる。

「もはや歯など要らんな。唇で挟むだけで溶けていくようだ。しかもこの複雑な旨味《うまみ》と風味――こんなに美味い肉料理は初めて食ったかもしれん」

最大級の誉《ほ》め言葉が飛び出した。確かな手ごたえを感じる。

いつの間にか食堂にやってきていた胡族出身の娘達も、一様に首を伸ばしてこちらの様子を眺めている。その後ろには一般生徒の姿もあるようだ。緑峰達の試食が終われば希望者に料理を振る舞うと伝えているので、興味津々の様子だ。

香辛料を使った料理であることも、忌避される豚肉であることも彼女達は既に知ったはずだ。その上で、今にも涎《よだれ》を垂らさんばかりに成り行きを見守っている。ここまでは成功と言ってもいいだろう。

「本当に美味しい！」

次に声を上げたのは曜璋だ。小さな口の周りにべったりとタレをつけて、眩しい程にご満悦の笑顔である。

「実にうまい。これはたまらん」

と紫苑も恍惚《こうこつ》とした表情だ。立ったまま皿に箸を伸ばしている黄蓋と瑞季も、同様に目を見開きつつも勢いよく食べ進めている。本当に美味いのだ、角煮は。

「ですがもう一品あります。笙鈴——」

「はい、お待たせいたしました」

沙夜が声をかける前に、既に笙鈴は準備を終えていたらしい。ささっと歩み寄ってきて、淀みのない仕草でもう一つの料理を並べていく。

「香辛料を用いた粥です。こちらには干した豚肉を用いました」

「ほう、干し肉を出汁に使ったのか。どれ」

湯気の立つ碗《わん》の中に匙を差し入れた緑峰は、琥珀《こはく》色の汁に浸《つ》かった米粒を掬《すく》い上《あ》げ、慎重に口に入れた。

　すると。

「――粥とは思えぬほど濃い味付けだが、美味い。塩辛いというわけではなく、風味が強いのだな、これは」

　またも好評価だ。惜しみない称賛を口にしながら、ぱくぱくと食べ進めていく。

　一応、傍らで毒見役も食べているのだが、明らかに緑峰の方が食べる勢いが上だ。

「……体が、何やらぽかぽかと熱くなってくるな。これは？」

「それも八角の作用ですね。冬場には冷え性改善食としても有効です」

　八角には多数の効能がある。身体《からだ》を内側から温め、胃腸を整えて食欲を増進させるだけではなく、鎮痛効果や母乳の出を促進する効果まであるのだ。どれも後宮においては無視できない効果だろう。

　沙夜が周囲にも聞こえるようにそう解説していると、幾人かの宮女達の眼の色が変わったのがわかった。特に寒い時期の洗濯仕事に悩んでいる宮女は、冷え性改善と聞いては黙っていられないに違いない。

「うむ。美味かった。量も丁度いい。みなも食べるといい」

　食事を終えた緑峰が席を立ちながら言うと、宮女達から歓声が上がった。どうやらもう待ちきれない程だったらしい。

我先にと厨房へ殺到する彼女達を後目《しりめ》に、緑峰が「ご苦労だった」と沙夜に耳打ちして去っていく。黄蓋は無言でその後に続く。

それに続いて皇太后も腰を上げ、曜璋の手を引いて歩き出した。瑞季が先導しているところを見ると、これから学院長室に行くのかもしれない。

ややあって食堂から完全に貴人の姿がなくなると、後には美味しそうに匙を動かす宮女達の姿だけが残った。そこには国家の別も、民族の別も既にない。よそ者を排除しようとする意思も感じられない。みなが等しく同じ食卓に座り、同じものを食べて楽しんでいる。素晴らしい光景だ。

もちろんこれで差別意識が全てなくなったとは言わない。沙夜の教室に戻ってくる者もいれば、そうでない者もいるだろう。

ただし今、この一時だけは……。美味しい食べ物を頬張り、笑顔を浮かべ合うこの時間だけは、あらゆる垣根が取り払われたように見えた。それが希望になる。

——きっとみんな、仲良くなれるよね。

心地よい脱力感とともに、食堂の片隅で一人そう呟く。

現在、沙夜の周りにいるかけがえのない人達だって、みなが最初から好意的だったわけではない。何度も衝突して、角をすり減らしてわかり合ったこともある。

——それを繰り返すだけ。きっとできる。

とはいえこの盛況ぶりでは、料理の方が足りなくなるかもしれない。調理に時間のかかる角煮はともかく、お粥は追加を作っておいたほうがいいのかも。

そうすれば今しばらくは、八角の匂いに包まれたこの温かい場を維持することができるだろう。そう考え、笙鈴達の助けになるべく沙夜は厨房へと向かった。


——で、一体どうしてこんなことになったのか。

この事態に至った経緯について述懐する沙夜だったが、どれだけ考えても答えはでなかった。摩訶不思議とはこのことだ。

香辛料を用いた料理を作り、その匂いに嫌悪感を持つ者達の意識を変えることには成功した。だがそれだけでは十分ではない。

胡族出身の生徒達は食事事情が改善されたことについて沙夜に感謝してくれたが、そもそも授業に出席していない宮女達を呼び戻すことはできない。それが次の課題だと思っていたが……。

なのに一体、今この目に映る教室の有様は、どういうことなのだろう。

「すっかり人気者ですね、あの子」

みなに角煮を振る舞ったあの日から数日後。ようやく編入試験を受けて同じ学級となった晨曦は、呆れ半分、慰め半分といった表情でそう口にした。

沙夜は無言のままうなずきを返しつつ、もう一度教室の中心に視線を向ける。

「――ああ、なんて可愛いのかしら」

「はい、おやつあげる。あーんして」

幻かと思ったが違うようだ。そこには多数の宮女達に取り囲まれ、ただひたすらに甘やかされる熊熊の姿があった。

差し出されるおやつに片っ端から食い付き、その度に猫のように喉を鳴らして媚を売る。あざとい仕草だが確かに可愛い。しかし何だか釈然としない気分になる。

「今朝も朝食、あんなに食べてたでしょ……」

たまらず自分の額に手を当てつつ、懊悩《おうのう》の声を出した。

何なのだろうか、あの子のあの食欲は。初めて出会ったときより全体的に丸くなっているように見えるのは、冬毛に変わっただけではないだろう。

そんな沙夜の肩に手を置いて、晨曦は「まあまあ」と声を掛けてくる。

彼女によると熊熊は、このところ桔梗宮の周りによく姿を現し、行き帰りする宮女達からおやつをもらっていたのだそうだ。全然知らなかった。

いまいち腑に落ちない部分はあるが、これは決して悪い傾向ではない。何故なら今、熊熊を可愛がっている宮女達も、これまで授業に出席していなかった者達だからだ。

「――はいそこまで。授業を始めますよ」

ぱんぱんと手を叩きながら、講師の女官が教室に入ってきた。すると、はーい、と間延びした返事をしつつそれぞれの机に宮女達が戻っていく。

だが中央には、熊熊が残ったままだ。二人の宮女に挟まれるようにしてちょこんと席に座り、そのまま大人しく授業に耳を傾け始める。

講師もよく知ったもので、熊熊を追い出したりはしないようだ。宮女達が授業に出てくるならと、黙認することに決めたらしい。

そして熊熊の両隣に座った二人の宮女は、もはや満面の笑みである。いずれあの場所は〝熊熊席〟と呼ばれるようになり、宮女の間で熾烈《しれつ》な争奪戦が繰り広げられる程になったりするのかもしれない。毛並みが柔らかくて温かくて最高だろうから。

顧みるに、角煮を作って何とか生徒間の壁を取り払おうとした沙夜の努力は、熊熊の可愛さの前に敗北してしまったことになる。

しかし、それより何より。

――何でよ。わたしには、あんなに甘えてくることないくせに……。

本音を言えば、沙夜が業腹な部分はそこである。

けれど、単純に人数が増えたことで温かくなった教室内のことを考えると、今さら熊熊の行動を咎めたりもできず、非常に複雑な気分になってくる。

もちろん、そんな気持ちのままで授業を受けていても、すんなり内容が頭に入ってくるはずもなく……。やがて勝手に体が舟を漕ぎ始めた。

だから一言だけ残して眠りに落ちることにする。

解せぬ。

第三章

無垢なる闇を宿すもの《むくなるやみをやどすもの》

《有百姓王豐、兄弟三人。豐不信方位所忌、常於太歳上掘坑、見一肉塊、大如斗、蠕蠕而動、遂塡。其肉隨塡而出、豐懼棄之、經宿長塞於庭。豐兄弟奴婢、數日内悉暴卒、唯一女存焉》

王豊《おうほう》という百姓の三兄弟がいた。方位忌避の類をまるで信じておらず、太歳《たいさい》（木星）の方位に当たる場所を掘っていると、一見肉の塊のような、一斗枡《いっとます》のごとき大きさで、蚯蚓《みみず》のように蠢《うごめ》くものと出くわし、結局穴を埋めた。だが肉は溢《あふ》れ出《だ》してきて、豊はこれを取り除いて捨てるも、翌日になると肉は増え庭を埋めつくしてしまった。豊兄弟とその奴婢《ぬひ》は、数日以内にことごとく死んでしまい、唯一女だけが生き残ったという。

本日も熊熊は大人気だ。教室の真ん中で生徒達にちやほやされている。

一時期は半数以下に減っていた出席数も回復してきている。熊熊の可愛さのおかげ、という部分も否定しないが、少なからず沙夜が尽力した成果もあると思う。

桔梗宮の厨房で香辛料を用いた軽食を作り、無償で授業終わりの生徒達に配るという試みは功を奏した。今では食堂内で、胡族出身者と一般生徒が隣り合って食事をする姿もよく見かける。差別意識も少しは薄れたのではないかと思う。これは胸を張っていい成果だ。いい仕事をした。沙夜は自分自身を褒めることに余念がない。

そんなわけで、今日も良い気分のまま授業終了の時刻を迎えた。食堂の方に軽食を食べにいってもいいが、読みたい書物があるので直帰してもいい。

はてさて。どうしようかと迷っていると、

「――沙夜殿。少々話があるのだが」

教室を出たところでそう声を掛けられた。何だか既視感のある声と状況に、反射的に及び腰になってしまう。

振り向いてみると案の定、相手は凜風だった。

「ここでは人目があるゆえ、身共についてきてもらえないか。……何、時間はとらせない。沙夜殿次第ではあるが」

「はぁ」

煮え切らない返事をしたせいで、了承と受け取られたようだ。凜風は颯爽と身を翻して歩みを進めていく。

こうなればもうついていくしかない。小さく嘆息しつつ歩き出す沙夜。

そうして重い足取りのまま向かった先は、まさかの場所だった。

以前に薔才人達と美友が揉めていた、桔梗宮の外壁際である。周囲に人気がまったく無いことを確認すると、凜風はさっと踵を返してこちらに向き直った。

改めて観察してみると、彼女の衣服は本当に独特な意匠だった。同じ袍服でも天狐のものとは違い、腰元で帯を固く締めた旅装のような出《い》で立《た》ちに見える。

「まずは以前の非礼を謝罪したい」

言うなり、凜風は直角に近い角度で腰を折り、頭を下げた。

「沙夜殿の深慮を知りもせず、一方的にこちらの怒りをぶつけてしまった。同胞達の苦境を嘆いていたのは事実だが、沙夜殿には何の落ち度もなかったというのに」

「……ええと。はい、謝罪は受け入れます。頭を上げて下さい」

ここまで丁寧に謝られると、逆にこちらが恐縮してしまうくらいだ。初対面のときには沙夜達も礼儀を失していたので、痛み分けの形でいいのではとすら思う。

「そうか。助かる」

頭を上げた凜風は、心からほっとしたように表情を和らげた。

「できればこれからは、級友として友誼《ゆうぎ》を結んで欲しいのだが」

「ええ、もちろんいいですよ」と沙夜はあまり考えずに答えた。「わたしも級長として、力になれることがあったら言って下さい」

「いや、もう十分だ。同胞達は救われた。あの奇跡のごとき味わいの豚肉料理を食べて、身共も心が洗われた思いだ」

「そ、そうですか」

随分と大袈裟《おおげさ》な表現をするものだ。角煮が美味しいのは事実だけれど。

凜風の大仰な反応に若干引いていると、彼女はさらに言葉を続けた。

「ところで確認しておきたかったのだが……あの子貘豹は、沙夜殿が使役しておられる妖異に相違ないか？」

「え…………？」

一瞬、そこで言葉を失う。

「ええと、もしかして凜風さんは、妖異について詳しいのですか？」

「もちろんだ」と誇らしげに彼女は答える。「身共は隊商の護衛を生業とする一族に生まれ、これまでその業を磨き上げてきた。だからわかるつもりだ。沙夜殿がどれだけ恐るべき力を有しておられるか。そしてその力をもって、皇帝陛下に仕えておられることも。妖異を使役するには危険が伴うが、貴殿なら間違いは起こるまい」

「はぁ……。ええと、はぁ？」

そう言われても沙夜にはちんぷんかんぷんである。

しかしこちらの困惑を意に介した様子もなく、凜風はさらに口を開く。

「釈迦《しゃか》に説法、ということだな。それは失礼した。沙夜殿はあの子貘豹を操り、学級が一丸となるよう働きかけておられるのだろう。……ああ心配には及ばない。身共は心得ておるゆえ。ここで聞いた話を他に漏らすことはない」

「いや、ちょっと待って――」

何やら良からぬ誤解が生じているようだ。沙夜は慌てて彼女の認識を修正すべく、そこから滔々と事実だけを語る。

あの子貘豹は妖異ではなく、まだ半妖であること。ひょんなことから懐かれて世話をしているだけで、別に使役しているわけではないこと。そして子貘豹が教室に馴染み、可愛がられているのは決して沙夜が意図したことではないこと、などなど。

思いがけず長くなったその説明を、彼女は腕を組んだ姿勢で聞いていた。そして全てを聞き終えたあと、平坦な声でこう呟く。

「半妖、というのが身共にはよくわからんな。妖異とどのような違いがあるのかも。だがそれもこの身の未熟がゆえ、か」

何やら深く納得したようで、しきりに顎を上下に動かしている。

「改めて感服した。まだまだ身共の知らない世界があるようだ。……ただあの子貘豹が沙夜殿の制御下にないのであれば、万一ということもある」

「え？　万一、ですか？」

流れがいきなり変わった気がする。

凜風はそこで一つ咳払いを挟み、少し厳しい声色になって続けた。

「身共には譲れぬ矜持《きょうじ》が一つだけある。それは人に仇《あだ》なす邪悪な妖異を全て、この世から討滅し、消し去ることだ」

彼女の纏う空気は明らかに一変していた。

冴《さ》え冴《ざ》えとした朝霜を思わせる冷気が、足元からにじりよってくる感覚がある。

「もしも、万が一、あの子貘豹が人の世の災いとなる存在であれば……斬り捨てねばならん。その許可をいただけるだろうか」

「いえ、あの、ちょっと待ってもらえます？」

「こう見えても身共は、斉夏の国にて〝魔討士《まとうし》〟の位を授けられている。進んで沙夜殿と敵対するつもりはないが、やむを得ぬ事態ということもある」

おかしい。先程まで和やかに話していたはずなのに、何故か宣戦布告のようなものを受け取ってしまった。

彼女の敬意を払うような仕草や言葉遣いが、全て演技だとは思わない。ただし言葉の内容から察するに、凜風は沙夜の行いを全て認めているわけではない。それどころか今後も監視するつもりのようだ。

善なのか悪なのかを見極め、その判断に沿って対応すると告げている。けれどその根幹には未だにいくつもの誤解がある気がするのだ。だから恐ろしい。

どのように言えば彼女の頑なな態度を解きほぐせるだろう。それが悩みどころだが、ここまでの会話内容からして彼女はとても思い込みが強く、先走りやすい性格のように見受けられる。

「それではこれにて失礼する。願わくばこれからも、沙夜殿とは友好的な関係でいたいものだ。お互いのために」

とだけ言い残し、彼女は軍人のような大股の行進で去っていく。返事も届かない。その場に取り残された沙夜はというと、寒風の吹きすさぶ宮殿の外れにも拘らず、背筋に大量の冷や汗を浮かべたまましばし懊悩したのであった。

次に凜風と顔を合わせたときには、一体どんな態度で臨めばいいのだろうか。そんな答えの出ない問いかけを胸の内で弄びながら帰路を急いでいると、不意に背後から強い気配を感じた。

「……あのう、どなたでしょうか？」

と、振り返らずに訊ねた。もしかしたら返事は返ってこないかもしれないと思ったが、意外にも快活な声で返答があった。

「胡族の守り神だ、と言えばわかるか？」

「ええと、はい。何となくわかります」

そう言って振り向くと、少し離れた位置に見覚えのない男性が立っている。

頭に布を巻いたような、不思議な民族衣装に身を包んだ男である。その年の頃は若く、緑峰と同じくらいに見えるが、気怠げに側頭部を掻く所作には粗暴なものを感じ、声の響きには歴戦の傭兵《ようへい》を思わせる凄みがあった。

肌の色は浅黒く、筋骨隆々という程ではないがしっかりとした体つきで、隙のない足の運びからして体術の心得までありそうだ。

ただし明らかに、彼は妖異だ。その身の周囲に渦巻く暴風のような気配が、人知を超越した存在だと物語っている。しかもかなり高位の存在と見受けられる。

「オレの名は孰湖だ。胡族の民をかれこれ数百年は見守っている。当代の契約者である凜風についてここにやってきた。これでわかるか？」

「はい、丁寧なご説明、ありがとうございます」

気を抜かぬよう応対しなければならない。沙夜は会釈を返し、それから言った。

「それでわたしに何の御用でしょうか」

「特に用はない。ただ、今代の筆頭弟子がどんな出来なのか、見にきただけだ」

「筆頭弟子、ですか？」

またわからない言葉が出てきた。視線で説明を求めると、物臭な口調で彼は返してくる。

「白澤様の弟子の中で、主に白澤図の執筆を任された者のことだ。……オレもかつては白澤様に師事していてな」

「あ、そうなんですか？　じゃあわたしの兄弟子――」

「そんなわけないでしょう」

と、地面に近い場所からそんな声が聞こえてきた。

直後、沙夜の影がぐいんと大きく盛り上がり、中から金髪碧眼《へきがん》の少女が現れる。

天狐だ。彼女は現れるやいなや、何やら不機嫌な声遣《こわづか》いで言う。

「沙夜、騙《だま》されないように。そいつは弟子失格になって放逐された、ただの馬鹿」

「……久しぶりに会ったというのに随分なご挨拶だな、姉弟子よ」

執湖は苛立ちを隠しもせず舌打ちをした。

「丁度良い。白澤様に取り次いでくれ。執湖が今帰ったと」

「馬鹿馬鹿しい。師父はあなたのことなど覚えていませんよ。一昨日《おととい》来やがれ」

「相変わらず口の悪いことだ。だがここへ戻ってきて挨拶もなしじゃ道理が立たんだろう。今回ばかりだと思え」

「ふん」

いつも無表情な天狐にしては珍しく、不満を露《あら》わにして鼻を鳴らす。

それから沙夜の方に目を向けて言った。

「案内してあげて。ただしこいつを敬う必要なんてない。敬語は不要。礼儀も不要。速やかに師父に挨拶だけさせて、すぐさま追い返すように」

それだけ言って影の中に戻ってしまう。どんな因縁があるのか知らないが、板挟みのような形になるのは勘弁して欲しい。

ともあれ、白陽殿への案内役は沙夜に任されたようだ。こほんと一つ咳払《せきばら》いを挟んで場の空気を切り替え、それから平静を装って口を開く。

「わかりました。では白澤様の元に御案内します」

「うむ。面倒をかける」

傲岸不遜な態度でそう言った執湖だったが、そのあと白陽殿の門をくぐり、本殿への階段を上り、渡り廊下を進んでいくにつれ、まるで植物が萎《しお》れるようにその意気が弱まっていった。

余程ハクが恐ろしいのか、最後には借りてきた猫のような姿勢になり、沙夜を盾にして後ろをついてくる始末。

途中、それとなく昔の話を聞いてみようとしたのだが、彼の頭の中はこの後のことで一杯の様子で、「話しかけるな。下手をすれば首が飛ぶ。本当に」などと呟いて、時折体を震わせるばかりだった。

しかし沙夜としては疑問が残る。ハクに弟子入りしてそろそろ半年くらい経《た》つが、特に怒られたりした記憶はない。適当だったり放任主義だったりして、怠惰で自由でのんびりした印象しかないのだ。

既に数えきれないくらい恩があるし、尊敬も敬愛もしているが、畏怖なんて感情を持ったことはないというのが正直なところだ。

と、そんなふうに考えているうちに書斎についてしまった。いつも通り戸を開き、

「ハク様、ただいま帰りました」と口にした途端、素早く沙夜の隣を抜けて前に歩み出た孰湖は、床に額をこすりつけて土下座した。

「帰参が遅れました！　申し訳ございません！」

「うるさいな……。誰だおまえは」

白猫の姿で昼寝をしていたらしいハクは、寝ぼけ眼をこすりながらこちらを見る。

「ん？　もしや孰湖か」

「その通りです、師父」

「いや、おまえに師父と呼ばれる筋合いはない。破門したはずだ」

ハクは欠伸しながら無情な言葉を放つ。それを聞いて稲妻に打たれたように孰湖が硬直したところで、再び沙夜の影から天狐が姿を現した。

「まあまあ師父。破門された者がどの面を下げて白陽殿の敷居《しきい》を跨いだのか、今の内にしかと見ておきましょう。なかなかこんな見世物はありませんし」

「……くそっ。女狐《めぎつね》が」

強く舌打ちをしながら執湖が顔を上げる。

何だろう。ハクに対しては畏怖と敬意を持って接しているのに、天狐にはまるで仇《かたき》を見るような目を向ける。昔、何かあったのだろうか。

「ハク様、仕切り直させていただきます。この執湖、ただいま戻りまして御座います。どうかかつてのようにお側に置いていただけましたらと。ご下命頂ければ、どのような仕事でもたちどころに」

やけに熱っぽい声で彼がそこまで言ったところですかさず天狐が、しっしっと手を振り払った。

「馬糞《ばふん》臭い駄馬に用などありません。野生に戻ったのでしょう？　草原にお帰りなさいな」

「うるさい。邪魔をするな」

「千年生きていても口の利き方一つ知らないのね。躾けてあげましょうか？」

両者の視線が交錯した場所で、ばちばちと火花が散ったように見えた。

二人の間にどういう軋轢《あつれき》があるのかは知らないが、どうも相性そのものが悪いように思えるのは気のせいだろうか。

「ええい、このままでは収拾がつかん。沙夜、おまえが説明しろ」

安眠を妨げられた憤りからか、ハクがぎろっとした目をこちらに向ける。

「孰湖とどこで会った？　何故そやつがここにいる」

「それはですね——」

女学院の級友である凜風について説明し、彼女とのやりとりを簡潔に話したところで、「オレが話す」と孰湖が後を引き取って補足する。

「六百年前のことです。西方の草原を住み処とする部族を助けた際、彼らの守護神として封じられました。それから今日まで部族長の血筋を守って参りました」

「ふむ。なるほどな」

封じる、とは祭り上げることだそうだ。凜風の祖先たちに祭り上げられた孰湖は、彼らの信仰を集める存在となったのだという。

人間の信仰心は、妖異の霊格を向上させるらしい。その利点もあったからこそ孰湖は彼らの守護神となることを受け入れ、崇められる代わりに守ってきたのである。

「だから戻ってこなかったのか。……まあよい」

ハクは前足で顔を擦りながら言う。

「今のところ弟子には困っておらん。だが後宮内に居座るつもりなら、そのうち雑用を頼むかもしれん。それを詫《わ》びとして受け取るとしよう」

そう告げて椅子の上で丸くなり、またすぐに寝息を立て始めた。相変わらずである。

どう見ても畏怖を抱かれるような存在ではないのだが。そう思っていると、孰湖がぽつりと「丸くなられたものだな」と呟いた。

「……体型の話ではないですよね？」

小声でそう訊ねると、孰湖と天狐は揃ってうなずく。そうなのか。

どうやら沙夜が知るハクの姿は、まだまだ一面的なものでしかないようだ。


翌日からしばらくは長閑《のどか》な日々が続いた。少なくとも表面上は。

教室内の様子も変わらずである。宮女達みんなが熊熊を甘やかして、撫でたり抱き上げたりおやつを上げたり実に賑やかだ。

ただ一つ違いを挙げるとすれば、その中に蕎才人の姿がないことだ。

彼女は同じ教室の級友であるが、れっきとした妃嬪の一人でもある。内侍省から任されている仕事もあるはずだ。だから授業を休んでいるのかと思っていたが、欠席が続いてもう三日目になる。さすがに心配になってきた。

そしてもう一つ。授業を受けていると時折、凜風から見咎めるような強い視線が飛ばされてくることがあった。何か気に障るような真似をしただろうかと考えるものの身に覚えがない。なのでその判断は、あちらから何か言ってくるまで保留とした。

いろいろと悩んでいるうちにやがて授業終了の鐘が打ち鳴らされ、沙夜はいつものごとく帰路につく。

吹き抜ける冷ややかな風に身を屈めながら歩き、そろそろ蕎才人の様子を見に行くべきではないかと考えていると、不意に後ろから「あのう」と話しかけられた。

「沙夜、さん。ちょっといいですか？」

「……美友？　どうしたの？」

朱塗りの橋を渡り切ったところで声をかけてきたのは、笙鈴が襲われたあの事件の関係者、商家の娘である美友だった。

彼女には白澤図にいくらの値がつくか調査してもらっているのだが、結果が出るにはちょっと早過ぎる気がする。その用件ではなさそうだ。

「あのう、これって御存知です？　蕎才人が倒れられたそうなんですよ」

「えっ」

今まさに知りたい情報だった。沙夜は前のめりになりながら訊ねる。

「蕎才人が？　どうして」

「侍女の話によれば、風邪らしいという話でしたが……。それにしては長い間床に伏せっておられるご様子。一時はかなりの高熱に浮かされていたとか。もしかしたら、流行《はや》り病かもしれませんね」

ちらちらとこちらの顔色を窺うように、美友はそう言った。

風邪ではない流行り病とすれば、熱病の類である可能性もある。高熱がしばらく続いているなら命の危険もあるかもしれない。あまり楽観できる状況ではなさそうだ。

「昔から、よそ者が村に来ると病が流行る、なんて言いますものね」

微笑交じりに彼女は呟く。それは暗に、他国から妃候補をたくさん招き入れたことへの皮肉を言っているのだろうか。

いや落ち着け。確認すべきことはまだ残っている。

「どうしてその話を、わたしに？」

「だって沙夜さんって、白澤様のお弟子様じゃないですか」

と、美友の口調がそこから熱を帯びる。

「白澤図には万病の治療法が記されているんですよね？　沙夜さんなら蒼才人の病気も治せますよね。それで本当に蒼才人が元気になったら、お知らせした私の手柄ってことになりません？」

「……それが本音？　ちゃっかりしてるね」

彼女の魂胆は単純明快。蕎才人の病を治療したならば、情報主として自分の名を出して欲しいとのことだった。相も変わらず欲まみれでむしろ安心する。わかりやすくていい。

「いや、本当に頼みますよ。蕎才人に嫌われたままだと私、困るんです。実家に帰っても居場所がなくなっちゃうし……」

沙夜さんだって私が放逐されたら困りますよね？　とさらに言って間合いを詰めてくる美友。もはや必死の様相だ。

「わかったわかった！　事実は事実として、蕎才人に伝えるから」

本当に彼女の容態が危険なら、美友が命の恩人になってしまうかもしれない。でも事実上そうなるならば別に構わない。そもそも彼女達の実家の関係にそこまでの興味は抱いていない。

「じゃ、よろしくお願いしますね！」

そう言って振り返った美友は、どこかへ向けて手を振った。

すると欄干に身を隠していた何者かが、明るい表情で手を振り返してくる。

よくよく見てみると、蕎才人の取り巻きだった例の二人である。美友と仲が良さそうで何よりだが、正直に言ってもう彼女達とは関わりたくない。

笙鈴が「許す」と言わない限り、沙夜もあの二人を許す気はなかった。だから一瞥《いちべつ》もせずにその隣を通り過ぎて帰り道を急ぐ。

こうなれば一刻も早く、ハクを連れて蕎才人の見舞いに行かなくては。

彼女は貴重な同志だ。万が一のことなどあってはならない。その方針を胸の内で強く握りしめながら、沙夜はハクのいる白陽殿に向かった。


「――〝流行性感冒《りゅうこうせいかんぼう》〟。いわゆる流行病だな」

曇天の下で強い風が吹く晩秋の午後。白陽殿に帰りつくなりハクを拝み倒して同行を願い、いつもの鳥籠に詰めて再び外出した。

そうして息を乱しながら桂花宮にやってきた沙夜を、蕎才人の侍女達は無下に扱ったりはしなかった。それどころか見舞いにきたというと、すぐに寝所に通してくれた。さらに病がうつるかもしれないからと、あまり床に近付かないようにと沙夜の身を気遣う言葉すらかけてくれた。優しい人達だ。

寝所に入るとすぐに、華美な彫刻の施された架子床と、その中に横たわって寝息を立てる蕎才人の姿が目に入った。早速鳥籠の開閉口を開けると、白猫姿のハクが「狭い、寒い」などとぶつくさ言いながら出てくる。

しかしその直後、音もなく彼は変化した。

銀に近い白髪を宙になびかせる、この世のものとは思えない程に美しい青年に。

細面の相貌にはすっとした鼻筋が通り、切れ長な目つきは怜悧な印象を抱かせ、艶のある髪は腰まで長く伸びている。それら一つ一つの要素が、身に纏う赤い深衣に施された金の刺繍と相まって、体全体から発光しているかのようにすら見えた。

何より特徴的なのは、その瞳の色である。深い蒼を宿した一双の明眸は透徹した冬の空のごとくに清く澄み渡っているが、それだけではない。いつの間にか彼の額には第三の眼を象った文様――〝神眼〟が浮き出しており、その三つの輝きがまっすぐに蕎才人の体に向けられていた。

そして、ごく僅かな時間を経た後に、彼の口から診断結果が語られる。

「発症から数日が経過し、既に容態は安定している。症状はこれ以上酷くはならんだろう。数日待てば自然に治癒する。……もう帰るぞ」

「ありがとうございました！」

沙夜はハクに向かって深く頭を下げて礼を述べた。蕎才人の病状は快癒に向かっているらしい。一安心だ。

再び白猫姿に戻った彼を鳥籠の中へ案内し、一度だけ蕎才人の寝顔を見て、侍女に「もう心配いりません」と一言言い添えてその場を辞去する。四半刻にも満たない程に短い訪問だった。秋の終わりの太陽も、まだまだ山脈の向こうに残っている。

結果的には徒労だったが、何にも代え難い安堵を手に入れた。もしも万が一、病が原因で彼女が命を落としたとしたら、悔やんでも悔やみきれない。沙夜の心に一生の傷が残ることは想像に難くない。

だから帰路の間も、何度もハクに礼を言った。彼は「いいから足を動かせ。寒くてかなわん」と文句を言っていたが、それでも頼みを聞いてくれるあたり、弟子に甘いのは本当だと思う。

桂花宮から白陽殿まではそんなに距離もない。帰ったら夕餉の支度を頑張り、ハクに美味しいものをいっぱい食べてもらおう。そういえば笙鈴の包帯もそろそろ取ってもいいのではないか。そんな明るい事ばかりを考えながら弾むように足を進めていくと、やがて深い竹藪の向こうに黒い殿舎が見えてきた。

帰り着いてみると、白陽殿の内部は異様な喧噪《けんそう》に包まれていた。

本殿の広間から多数の人の声が聞こえてくる。男性のものが多いことから、緑峰が来ているのだとわかった。

　時折混じる逼迫《ひっぱく》したような声色に、何か尋常ならざる事態が起きたのだと判断し、沙夜は警戒心を強めながら騒ぎの中心に向けて歩み寄っていく。

「――沙夜。帰ったか」

　まずこちらに気が付いたのは緑峰だった。

　彼にしては珍しく取り乱した様子であり、髪型も服装も少々乱れている。

　それもそのはずと言うべきか。緑峰のすぐ傍に置かれた長椅子には、右腕に包帯を巻かれた宦官が座っていた。さらに見れば、辺りに散乱する布きれには真っ赤な血が付着しているようだ。どうやら今し方、傷の処置が終わったばかりらしい。

「一体何があったのですか」

　事の深刻さを測りながら訊ねるが、どうやら命に関わる程の深手ではないらしい。怪我をした宦官――中書令の黄蓋は、血色が悪いながらも穏やかな顔つきをしていた。

「お騒がせしてすみませんな。床を多少汚してしまいました」

「俺を守って傷を負ったのだ」

　空元気の黄蓋に、沈鬱な表情をする緑峰。その傍らには側仕《そばづか》えの宦官達が八人と、包帯を両腕いっぱいに抱えた春鈴がいる。治療の手伝いをしていたに違いない。

「事情を説明していただけますか」

現状では何が何やらわからない。とりあえずハクを鳥籠から解放した上で、緑峰に状況を話すよう促す。

すると、

「ここへ来る途中、竹林を抜ける道で襲われたのだ。……子供の貘豹に」

「は？」

思わず間抜けな声を出してしまう沙夜。

それはもしかして、熊熊が人を襲ったということか。

「信じられないでしょうが、事実です」

包帯に包まれた自分の腕を眺めながら、黄蓋が言う。

「いきなり竹林の中から、緑峰様めがけて襲いかかってきたのですよ。咄嗟に私が前に出て応戦しましたが、鋭い爪と牙でこの通り。護衛役が刀を抜くとどこかへ逃げていきました」

「確認しますが、うちの熊熊がやったと？」

恐る恐るそう訊ねると、緑峰が視線を逸らしながらうなずく。

「俺の見間違いでなければ、そうだ」

「でも子供の獏豹であれば見分けなんてつきませんよね？　他の――」

「かもしれませんが」

黄蓋は柔和に目を細めつつも、そこから厳格な口調になった。

「獏豹は希少な動物です。他の個体という可能性もなきにしもあらずですが……何にせよ、陛下に牙を剝いたことは間違いありません。山狩りの必要がありますな。放っておけば他に被害が及ぶかもしれませんし」

相手がなんであれ、人を襲った獣は処分しなければならない。感情の抜け落ちたような声で彼はそう続ける。

しかし沙夜には信じられない。つい今朝まで同じ食卓でご飯を食べ、教室で宮女達に甘えていた熊熊が人を襲うはずがないではないか。

あれだけ人懐っこくて頭も良いあの子が、いきなり豹変《ひょうへん》するだなんて有り得ない。

もし本当に事実なのだとしても、きっと何か理由があるはずだ。

「……俺が嫌われていたのかもしれん」

と、緑峰が沈んだ声を出す。

「何度かここで見かけてはいたが、俺に懐いた様子はなかったからな。俺が白陽殿に来ることを嫌がっていたようでもあった。だから威嚇するために飛びかかってきたのかもしれん……」

「威嚇だろうと悪戯だろうと、主上の身を傷つけようとしたことは事実で御座いますので」と黄蓋。「飼い犬だって人を噛めば殺処分。これは譲れません」

「わかっている。わかってはいるが……」

そして困惑に揺れる視線を沙夜へと向けてくる。まるで、俺はどうすればいいのだと訴えかけてきているようだ。

「おまえの意見を聞きたい。どう思う」

「あの子が人を傷つけるだなんて、信じられません」

と言うしかなかった。既に事が起きてしまった以上、そんな言葉は何の抑止力にもならないと知りながらも。

するとそのとき、

「——遅かったか」

という声が玄関の方向から聞こえてきた。

振り返ってみると、そこには息を乱し胸を弾ませる胡族出身の宮女——凜風の姿があった。

彼女は辺りの様子を素早く見回すと、何かを理解したような表情になる。

「失礼します陛下。直言をお許しいただけますでしょうか」

「許す。言ってみろ」

「はっ。この後宮内に危険な妖異が潜伏していることを突き止めました。……子供の貘豹の姿をした、妖異で御座います」

「それは――」

割って入ろうとした沙夜だったが、すぐさま向けられた凜風の視線に射竦《いすく》められ、あえなく口を閉ざすことになった。

彼女は完全にこの状況を把握しているようだ。誰にも聞かされていないにも拘らず、黄蓋が熊熊に襲われたのだと判断したらしい。そしてその結論に繋がる何らかの情報を、これから口にしようとしているみたいだ。

「最近、後宮女学院の生徒が次々に倒れ、自室療養を余儀なくされているという話は御存知でしょうか。どの者も高熱を出しており、恐らく何らかの流行り病に侵されているものと思われましたが――」

明瞭かつ流麗な発声で彼女は続ける。

どうやら続々と病に倒れる宮女達の姿を見て、「これはただの病ではないのでは」と疑念を抱いたようだ。そんなに被害者が出ていたとは知らなかった。

「昨夜、床に伏せたある宮女の隣の部屋で、身共は寝ずの番をしておりました。するとあるとき物音がし、不審に思って見にいくと……。寝所の窓を開けて子貘豹が侵入しており、眠る宮女の口をこじ開けて何かをしようとしていたのです。すぐさま部屋に飛び込んだ身共に驚き、子貘豹は逃げ出しました」

凛風は熊熊の後を追い、深夜にも拘らず後宮内をかけずり回ったらしい。やがて朝になって授業が開始されるまで。

そして教室内にて熊熊を発見した彼女は直ちに捕獲しようとしたが、周囲の宮女達の反発を恐れて一時断念。授業終了を待ち、食堂へと向かう熊熊の後を追ったところ、その意図を悟られたのか窓から逃げられたそうである。

「そうか……。黄蓋、どう思う」と緑峰。

「妖異である可能性は高いかと。病人の寝所に現れたというなら、〝疫鬼《えきき》〟の類かもしれませんな」

訳知り顔で老宦官は知識を披露する。

「疫鬼は子供や小動物の姿を借りて寝所に現れ、病魔を振りまき災いをもたらす存在だと言われております。そうして人を弱らせ、最後には口から魂を引きずり出して喰らうのだとか」

「はい。あのとき宮女の口を開けさせた子貘豹は、まさに魂を喰らうところだったのかと……。さすがで御座います。ご慧眼、感服いたしました」

凛風も同調する。そこへ緑峰が落ち着いた声で訊ねた。

「その宮女は無事だったのか？」

熊熊への怒りに染め上げられそうになった場を、彼の言葉が瞬く間に鎮静化させたように見えた。沙夜はその心遣いに内心で感謝を捧げる。

「もちろん無事です！」凛風は慌てたように答えた。「一命は取り留めた様子で……その後は穏やかに眠りにつきました。現在まで命を落とした者はおりません」

「陛下。何にせよ、山狩りは避けられますまい」

と黄蓋が話を戻す。

「確か凛風といったか。斉夏にて魔討士の位を与えられた宮女というのは……」

「はい。身共のことに御座います」

「であれば心強い。我らと共に貘豹捜索の任につくように。緑峰様もそれでよろしいですな？」

「……ああ。仕方があるまい」

まったく口を挟めずにいる沙夜の目の前で、どんどん話が進行していく。

ついには熊熊捜索隊の人員配置と、捕獲後の段取りまでとんとん拍子で決まり始めた。沙夜にとってこの流れは如何にもまずい。どうにか山狩りの方針を改められないかと緑峰を見るも、彼は苦々しい表情をして首を左右に振るだけ。どうにもならないらしい。

「――主上はどうかご心配なさらず。身共にお任せ下さい」

と口にし、何やら熱のこもった視線を緑峰に向ける凜風。

「今日明日中には全てを解決して御覧にいれますゆえ」

「そうか……。ならばおまえたちの尽力に期待する」

立場上、そう言わざるを得ないという顔つきで緑峰は言った。

だが凜風はそれに気付きもせず、重大な役目を任されたのがそんなに嬉しいのか、瞳の奥を眩いばかりに輝かせている。

体勢も緑峰に向かって前のめりに傾いており、まるで忠犬のようだ。彼女に尻尾があればぶんぶん振られていることだろう。その情景が頭に浮かぶ。

「……どこかで会ったか？」

そこで緑峰がぽつりと呟いた。

「何故かな。初めて顔を見る気がしないが」

「お——覚えておいでなのですか！」

たちまち凛風が高揚した声を上げる。

「五年前で御座います！　西部の街道で、隊商が盗賊に襲われる事件がありました。そのとき偶然にも緑峰様の部隊が近くにおられて」

「ああ、そうか。あのときの」

どうやら緑峰の方にも覚えがあるようだ。

「盗賊から助けた隊商の中に、剣を持った少女がいたな。もしや？」

「はい！　それが身共で御座います！　ほんの短い間ではありましたが、近くの村まで同道していただいた際、剣の手ほどきをしていただきました！」

頬を茜色《あかねいろ》に染め、喜色満面といった様子で喋る凛風は、もはやどこからどう見ても恋する乙女だった。

斉夏での地位を持つ彼女が、どうして後宮入りしてきたのか不思議だったが、そういう事情があったかららしい。

緑峰の目に留まり、認められたい。褒められたいと体中で訴えかけてきているようだ。だからこそ今回の件にも誰より気合いが入っているみたいだが……沙夜にとってはあまり歓迎したくない事態だ。

ともあれ、今後の方針は既に決まってしまった。手傷を負った黄蓋と、手柄を上げたい凜風は精力的に山狩りに繰り出そうとしている。

当然沙夜はそれに手を貸すことはしない。熊熊の善性を信じているし、この議論の流れに少しだけ違和感があった。だから彼らとは別に、独自で動こうと考えた。

どうにか彼らより早く熊熊を確保し、数々の疑惑について検証しなければならない。このあとすぐにでもみんなに相談しよう。そう考えつつ、山狩りに向けて動き出した緑峰達が白陽殿から出て行く様を見送った。


よし。まずは頼り甲斐のある師父に相談してみよう。そう思ってすぐさま書斎に足を向け、安楽椅子に寝転んでいた白猫姿の彼に事情を話したのだが、何故か返ってくる反応が酷く鈍かった。

一見、沙夜の話に耳を傾けているふうではあるものの、時折大きく欠伸をしたり身をよじって落ち着く体勢を探したりと、まるで集中していない。

これはあれだ。蕎才人の寝所から戻って以降、緑峰達の動向が気になりずっと放置していたので、すっかりへそを曲げてしまったらしい。そういえば美味しいものを食べさせる約束をしたのに、まだ夕餉の支度もしていない。

「知らん。おまえ達で何とかすればよい」

「ですが事態は既に深刻で……」

急迫性が伝わっていないのか、それとも興味がないのか。恐らく後者だろうなと思いつつ嘆願を続けていると、やがて背後の戸が開いて筌鈴と春鈴が室内に入ってきた。

「話は聞いたよ。熊熊を匿うなら協力するから」

「春鈴も！」

姉妹揃って鼻の穴を広げ、勢い込んで協力を申し出てきた。

「あの子が人に怪我をさせたりするわけないよ」と筌鈴は続ける。「別の貘豹がいるか、あの子の姿に化けた妖異がいるのかもしれない。心当たりはないの？」

「うーん……。姿を変えられる妖異はたくさんいるんだけど」

と、いまいち煮え切らない返答をせざるをえなかった。

人に害をなすような妖異が後宮に紛れ込んでいるなら、ハクや天狐がもっと興味を持つはずだ。むしろこんな事態になる前に排除しているだろうと思う。

なのに二人とも何も言わないのは、やっぱり……。

「やったのは熊熊かもしれない。でも絶対に何か理由が――」

と、そこで廊下を走るけたたましい足音が耳に届いた。

続けて入口を抜けてやってきたのは、激しく息を荒らげた晨曦である。

「沙夜！　大変ですわ！」

白く透き通った肌を上気させつつ、彼女はこちらに詰め寄ってきた。

「ど、どうしたのそんなに慌てて」

「落ち着いている場合ではありませんの！　蕎才人が――」

興奮する彼女をなだめつつ話の先を促してみると、驚くべき内容がその口から語られた。

途中編入のため、女学院にて補修を受けていた晨曦は、夕暮れ時になってようやく課題を終えて桔梗宮を後にした。すると帰り道の途中で、侍女達に肩を貸されながら歩く蕎才人と偶然出くわしたそうなのである。

「蕎才人は沙夜に、一刻も早く伝えないといけないことがあると仰られて……。ですがまだ体調が万全でないご様子でしたので、わたくしが伝言役を務めることを納得していただき、桂花宮に戻っていただきましたの」

「一刻も早く、伝えないといけないこと？」

「そうです！　それですわ――」

再び晨曦は語り出す。夕刻に目を覚ました蕎才人は、病状がある程度緩和していることを感じ取った。そして看病していた侍女の口から、沙夜が見舞いにきたと聞かされたそうだ。

ただそのとき同時に、高熱に浮かされているときに見た、不思議な夢のことを思い出した。

そして考えれば考える程に、ただの夢だとは思えなくなった。あれがもしも現実に起きたことなのだとしたら……そんな想いがどうしようもなく胸の中で膨らみ、いてもたってもいられなくなったのだという。

「――一昨日の夜、蕎才人の寝所に熊熊が現れたそうです」

夢か現《うつつ》かも定かでない朦朧とした意識の中で、蕎才人は窓から忍び込んできた熊熊の気配を察知した。

けれど彼女は警戒心を抱かなかった。いつも教室の中でするように、頭を撫でて抱きしめてやろうと手を伸ばしたそうだ。すると熊熊の方も歩み寄ってきて、架子床の中にのっそりと入ってきたらしい。

で、そこで蕎才人は気付いたそうだ。熊熊がその小さな手の先に、大事そうに何かを握り締めていることに。

「指の先程の大きさの……。赤い、何かのお肉のようなものだったと」

「赤い、肉？」

　そうは言われても、まったくもって正体不明である。

　だが熊熊は当たり前のような顔をして、それを蕎才人の口元に差し出したそうだ。美味しいから食べるように、と言わんばかりに。

　夢だと思っていたこともあって、彼女は口を開けてそれを受け入れた。何かもの凄《すご》く芳しい香りがその物体から漂ってきており、口に入れる前からとても美味だという確信があったらしい。

　そして噛んでみると案の定、とても美味しかった。

　柔らかくて甘くて瑞々《みずみず》しくて、見た目は肉のようだが食感は雲のごとく、鼻に抜ける香りも芳醇かつ爽やかな余韻があり……ともかく絶品だったとのことである。

「それからは病苦をまるで感じなくなり、安眠できるようになったそうです」

　と、晨曦はそう言って話を締めくくった。

　大筋は凜風が目撃した光景と同じだ。しかし話の印象は大違いだった。

　宮女の口を無理に開けさせ、魂を吸い取ろうとしていたと凜風は言ったが、蕎才人の証言はまったくの逆。熊熊は病人を救うために何かを食べさせたように思える。

「――〝太歳〟だな」

「恐らくそうかと」

そこでハクがぽつりと呟き、いつの間にか背後に現れた天狐が同意を返した。

太歳……どこかで聞いたことがある言葉の響きだ。

それも妖異ですか、と沙夜が訊ねると、ハクは首をゆっくり横に振る。

「太歳は、神だ。ただし災いを呼ぶ忌み神だがな」

重苦しい声でそう告げると、体を起こして一度背伸びをした。

それから理知的な表情になってこう続ける。

「端的に言えば、地中を蠢く肉の塊、といったところか。その肉にはいくつもの目があり、人が食すれば不老不死をもたらす秘薬となる」

「不老不死の、秘薬……？」

言われて沙夜は思い出す。白澤図に同様の記述があったはずだ。

太歳。それは古の神の名であり、意味するところは〝木星〟。空の彼方《かなた》にある星の一つに連動し、地中を移動するという謎多き忌み神だ。

姿は生肉のようであるが、数多の眼球をその身に宿す。もしその肉片を食べることができたなら、少量でも寿命が延びる程の効果があり、食べ続ければ不老不死になるとのことだった。

「熊熊が蕎才人に食べさせたのは、太歳の欠片であると？」

「他に考えられん。……まさか太歳がこの地に現れるとはな。あやつの気配だけは我にも読めぬ。いつから地中に潜んでいたのか」

「師父」

と天狐が呼びかける。

「あの子貘豹の母は妖異でした。もしかすると、どこかで太歳を掘り起こして食べてしまい、それで妖異になったのではと……」

「あり得るな。ついでに子にも太歳を食べさせたか。それであやつめが半妖化したのだな。救えぬ話だ」

「太歳を食べると、妖異になるのですか⁉」

驚きつつ訊ねると、ハクは「知らなかったのか」と呆れたように言う。

「量によるがな。指の先程の量なら体が軽くなる程度。拳大も食えば寿命が延びて、半妖になることもある。あの子貘豹もきっと常食してはおらんかったのだろう。その場合はとっくに、とっくに……」

「とっくに、何ですか」

「頭の中まで、太歳になっている」

どこか冷ややかな口調でそう言ったので、沙夜の背筋にぞわりと悪寒が走った。

どういう意味かと訊ねると、その疑問には天狐が答える。

「太歳は不老不死の妙薬と言われているけど実際には違う。食べたら妖異になるだけ。ほんの少量なら問題ないけど、ある程度食べると体が太歳に侵食されていく。妖異になるんだから寿命もないってわけ」

「いや、駄目じゃないですか」

そんなもの薬とは言わない。不老不死でもなんでもない。

人が人でいられなくなるなら、不死に意味なんてないはずだ。

胸中にもやもやした気持ちが込み上げてくる。そこで誰かが肩をちょんと突いた。

「ねえ沙夜。さっきから太歳って聞こえてますけど」

晨曦だった。彼女は続けて訊ねてくる。

「それって秦の始皇帝が〝単徐福《たんじよふく》〟に探させたという……それがこの後宮内にあるってことですの？」

「どうやらそうみたい。熊熊が蕎才人に食べさせたのがそうだって」

説明すると、晨曦と笙鈴は顎を落とす程の驚愕をみせた。春鈴はいまいちわかっていないらしい。

「ど、どうすんのそれ。山狩りに出て行った連中がそれを知ったら――」

「さらに目の色を変えるのは必然、というわけですか」

笙鈴が震える声を出し、晨曦も表情を曇らせる。

けれど沙夜は内心、安堵していた。熊熊が悪意をもって宮女に害をなしたわけではないとわかって、心のしこりが取れた気がしたのだ。

やはりあの子の心根は善だ。緑峰達を襲ったのが熊熊だとしても、間違いなく何か理由があるはず。たとえば太歳に操られていた、とか。

――よし、とりあえず助けよう。

「天狐さん」

沙夜は意を決して声をかける。

「太歳を放置することはできないんですよね？　なら熊熊を探してもらえませんか。あの子は太歳がどこにいるのか、知っているはずなので」

「もう探しているし、見つけている」

何でもないような口調で彼女は答えた。

「我が千里眼をもってすれば不可能などない。姉弟子は最強、はい復唱」

「あ、姉弟子は最強……」

言われるままに繰り返す沙夜。それから一度咳払いをして仕切り直す。

「熊熊は無事なんですか？　まだ山狩りに捕まったりは」

「していない。危険が迫ったら教えてあげる」

「そうですか。ありがとうございます」

よし。これで熊熊の安全は確保できた。外は既に日が落ちており、松明《たいまつ》でもなければ数間《すうけん》先も見通せぬほどに暗い。山狩りに出て行った黄蓋や凜風がすぐに熊熊を発見できるとは思えないし、天狐が千里眼で見張ってくれている以上、後手に回ることもないだろう。

となれば、あとはどうやってこの騒動を収めるかだ。

熊熊が邪悪な存在だと信じきっている相手に、どう説明するかが目下の問題である。馬鹿正直に太歳の話をしても、ロクなことにならない気がする。不老不死の秘薬を追い求める者は、いつの時代にも相当数いるからだ。

太歳の所在を明らかにするために熊熊を捕らえよう、という話になる可能性もある。やはり緑峰にだけ内密に事情を話し、足並みを揃えて動くべきだ。彼ならうまく事実を隠しつつも宦官達に命令を下せるはず。

明日の朝にでも面会を申し入れよう、そう考えたところで。

「――沙夜様！　沙夜様はおられますか！」

玄関の方から切迫したような声が聞こえてきた。

さらにこちらに近づく複数人の足音が響いてくる。夜道を歩いて沙夜を訪ねてきたとすれば、尋常な用件であるはずがない。

「……まったく、今日は騒々しいな。おちおち居眠りもしていられん」

辟易したように眉根を寄せつつ、ハクは虚空に重い溜息を放った。


急報の内容は、曜璋が病に倒れたとのことだった。

白陽殿に駆け込んできた使者からそう聞いた沙夜は、とるものもとりあえず東宮へと向かうことにした。またもハクを鳥籠に詰め込んで。

東宮とはその名が表す通り、後宮の東側にある宮殿群のことだ。妃嬪が住まう宮殿とは違い、基本的には皇太子を保護し育成するために存在する場所である。

しばしの時間を費やして夜道を走り、土地勘のない東宮の構造に幾度も迷いかけたが、間違った方向に進むたびに天狐に指摘され進路を修正した。いっそのこと先導してくれればいいのにと思うが、機嫌を損ねるのが怖いので黙っておく。

そうしてやっとの思いで曜璋の住む宮殿に到着した途端、門の前で待ち受けていた女性にいきなり縋りつかれた。

涙に濡れた悲愴な顔つきの美女――それは皇太后、紫苑だった。

「お願いじゃ、沙夜……」

いつもの威厳と慈愛に満ちた表情とはまったく違う。両目の下にはどす黒いクマができており、唇も乾燥してひび割れていた。

「どうか曜璋の命を……。命を助けてくれ」

「まずは診察を。ハク様にも来ていただいていますので」

そう言って持参した鳥籠を胸の前に持ち上げて見せた。中にはぶすっとした顔つきの白猫が丸くなっている。

それからすぐに侍女達に案内され、曜璋の寝所に向かうことになった。

次期皇帝の居室に簡単に通していいものかとは思うが、今は紛れもなく緊急事態である。その証拠に、やがて入口の戸の前に立つ緑峰とその側近の姿が目に入った。

彼も呼び出されたようである。恐らく山狩りの段取りを組んでいたところだろうに、さすがに皇帝陛下は忙しい。どうでもいいけれど。

「――では失礼します」

緑峰が部屋へ入れと目配せしてきたので、その隣を抜けて寝所に足を踏み入れる。

次期皇帝に割り当てられたにしては、思ったより小さな部屋だった。その中心部には豪奢な装飾の架子床が置かれており、そこに横たえられた少年の姿が視界に映る。

はぁ、はぁと辛そうに息をしており、顔は腫れ上がったように真っ赤だ。

さらに時折激しく咳《せ》き込んだりもしていた。明らかに何らかの病を発症している。

それは簡単に見てとれるが……。

「ハク様、診察をお願いします」

「……おい、ここまで寒かったぞ。帰るまでに籠の中に毛布を敷いておけ」

文句を言いつつ籠から出てきた白猫は、一度そこでぐっと伸びをし、それから一拍置いて速やかに姿を変容させていく。

瞬きの間にそれは終わり、気付けば赤い深衣を身に纏った美青年がその場に立っていた。彼は病床の曜璋に向けて静かに足を進めていく。沙夜もその後に続いた。

隣に立ってちらりと見ると、彼の額には既に奇妙な紋様——第三の眼である神眼が浮き出している。

ハクはゆっくりと曜璋の方に右手をかざし、一度そこで目を閉じ、何事かを少しの間思案した後に沙夜の方へと向き直った。

「流行性感冒だ。昼間に見たものと同じだな。三日から七日の間はこのまま高熱を出して動くこともままならず、床の上でうなされ続けるだろう。十日もすれば自然治癒することもあるし、そうでないこともある」

「そうでないことも、ですか？」

確認するまでもない。つまり死ぬ可能性もあるということだ。ハクの表情からそう読み取った沙夜は、「薬はないのですか」と続けて訊ねる。

すると、

「特効薬は人の身には作れぬ。天命に任せるしかあるまい」

冷淡な声色で彼は告げた。おまえには何もできることはない、と言外に言い聞かせるように。

「待って下さい」

しかし彼のその口振りに、何だか違和感を持った。

かつて父が熱病に倒れた際に、ハクは同じような口調で〝特効薬はない〟と言った。

だが今回は、〝人の身には作れぬ〟と口にしただけだ。

つまり特効薬は、存在する。

人の身には作れないが、ハクならば……そこまで考えたところで寝所の戸が開き、廊下から紫苑が「どうじゃ、沙夜」と声をかけてきた。

「ご説明します」

と一言言って寝所を後にする。これ以上、曜璋の近くで話をするわけにはいかないからだ。少しでも苦痛を忘れられるよう、静かに眠らせてやりたい。

そしてそれから少し後。宮殿内の小部屋に連れて行かれた沙夜は、紫苑と緑峰に向けてハクの見解を説明した。

すると間もなくその場が、暗澹《あんたん》とした雰囲気に包まれた。

「どうにか……どうにかならぬのか沙夜。あのように苦しむ曜璋の姿は見ておれぬ。もし……もしも曜璋までいなくなってしまったら、妾は――」

両手で顔を覆い、悲痛な声を上げる紫苑。

そうだった、と思い出す。沙夜は以前、父の口からこんな話を聞いたことがあった。

曜璋は紫苑の、初めての子ではないのだと。

紫苑は一度、六歳の御子を流行り病で失っている。

若々しい見た目に反して、後宮妃としてはやや高齢であった彼女。二度目の妊娠は危ぶまれていたが、曜璋が生まれてきて本当に喜んでいたのだと父は語った。

沙夜には想像もできないような苦難を乗り越え、再び授かった唯一の御子なのだ。

もしも曜璋を失うようなことがあれば……彼女がどうなるかわからない。

「沙夜、俺からも頼む。俺にできることであれば何でもする。曜璋を助けてやってくれないか」

と、続けて緑峰までもが深く頭を下げて頼み込んできた。

もしも曜璋がいなくなったら自分の地位は……などと微塵《みじん》も考えていないようだ。

緑峰らしいなと思うと同時に、その誠実な願いを叶えてやりたいと強く思う。

曜璋は沙夜にとっても可愛い弟だ。目に入れても痛くない程に可愛い。いやむしろ尊いとすら思える。助けたいのは当たり前だ。

ただそれ以上に、曜璋の存在は今の綜国の、〝要《かなめ》〟に等しいと感じるのだ。

曜璋の身に何かあれば、父はどれだけ哀しむことだろうか。紫苑は自ら心を壊してしまうかもしれない。

次期皇帝がいなくなれば、緑峰も現在のような立場でいることはできないだろう。早急に妃を娶《めと》り、御子を産めと後宮に閉じ込められる可能性すらある。

そうなれば彼が推し進めている融和政策にも支障が出る。四月を待たず正妃を決めれば、後宮に集められた他国の子女は怒り、国家間の関係が悪化。坂道を転がり落ちるように戦争状態に突入してもおかしくはないのだ。

つまり結論として、絶対に曜璋を助けなければならない。

たとえ自然治癒が見込める病であったとしても、ここで何もしなければ間違いなく後悔することになる。その確信があった。

だから覚悟を決めて、二人に対してこう告げる。

「——わかりました。これから薬を用意しますので、一度白陽殿に戻ります」


再び月のない夜道を歩いて白陽殿に戻り、書斎に入るなりハクを鳥籠から解放した。すると彼は即座に不満の声を上げる。

「どういうつもりだ？」

何が、とは問わない。沙夜にだってわかっている。

「お願いしますハク様。流行り病の特効薬を作って下さい。代償が必要ならば何でも支払いますから」

「何を言うか、馬鹿弟子が」

吐き捨てるように言って、直後にハクはその姿を変えた。

白髪の美青年が鷹揚な動作で安楽椅子に腰掛け、胡乱《うろん》げな目を向けてくる。

「作れぬと言ったはずだ。聞いていなかったのか？」

「人の身には、と仰いました。ハク様なら作れるはずです」

「…………ぬう」

彼は面白くなさそうな顔になり、肘掛けに頬杖を突く。

「おまえに支払える代償などない。おまえは既に我が供物であり、我の物なのだ」

「それでもどうかお願いいたします」

「わかっているのか？　人の身に作れぬ薬など、摂理に反する。そんなものに命を救われた者が皇帝になるなど、我は認めん」

その言い様を聞いて、なるほどな、と沙夜は考えた。

ハクは叡智《えいち》の神獣にして、この世全ての知識の化身。白澤図に綴られた万斛《ばんこく》の情報は、いずれ人間に授けるためのものに相違ない。

しかしどんな時期に、どんな知恵を授けるかについてはこだわりがあるようだ。

人の世に今ある技術から激しく逸脱したものを与えれば摂理が乱れる。人類の成長をかえって阻害する結果になると考えているのだ。……いや、既に経験としてそれを知っているのかもしれない。

が、たとえそうだとしても、沙夜は退けない。

人の未来がどうなろうと過去がどうだろうと、目の前で苦しむ幼子を見捨てる理由にはならないからだ。

「――でしたらわたしは、これから太歳を探しにいきます」

「なんだと？」

「太歳の欠片を曜璋に食べさせて、命を繋ぎます。どうか邪魔はしないで下さいますよう、お願い申し上げます」

「ぬうう……」

片側だけ口角を上げ、こめかみをぴくりと動かしたハク。珍しく動揺しているのが見てとれる。

ここで追撃だ、と再び沙夜は口を開いた。

「ハク様が薬を作って下さらなくても、太歳の欠片があれば曜璋の命は助かるんですよね？　なら天狐さんにお願いして、千里眼で見つけてもらいます。ハク様にとっては放っておいても助かる命かもしれませんが、わたしは万が一にでもその可能性を考えたくないんです」

そう。天狐の協力さえ得られれば、きっと太歳は見つけられる。

ハクが薬を作ろうが作るまいが、曜璋の命が助かることには変わりがない。ならば摂理を乱すことにはならないのではないか、そう考えたのだ。

「よもやとは思うが……我を脅しているつもりか？」

「そんなつもりは毛頭御座いませんでしたが、それもいいかなと今思いました。脅されて下さいますか？」

笑顔でそう答えた沙夜に、ハクは苦々しい表情を向けてくる。

返事はしばらくなかった。一時黙り込んだ彼は、肘掛けの上を指先でこつこつと叩いて苛立ちを表現すると、ややあって「天狐」と呼んだ。

「ここに」

すぐさま沙夜の背後に現れる金髪碧眼の少女。

その彼女に恨みがましい目を向けたハクは、不機嫌な声でこう訊ねる。

「妹弟子の教育はどうなっているのだ？　おまえは普段、何を教えているのか」

「師父から教わった全てを、です。よく育ったものだと誇らしい限りです」

「やはりおまえのせいではないか……。まったく」

重い吐息を放ちながらも、彼は椅子から腰を上げた。

「代償は払う、と言ったな。ならおまえ達の手で太歳をどうにかせよ。滅ぼしても追い払っても構わん。我の目に映る場所に決してあれを近づけるでないぞ」

「はっ」

短く威勢のいい返事をして天狐は頭を下げた。沙夜もそれに続くと、目の前を通り過ぎてハクが書斎を出て行こうとする。

「ハク様、どちらへ？」

「調剤室だ。今すぐ厨房にある八角を持ってこい。ある限り全てをだ」

「八角……？　八角から特効薬が作れるのですか？」

「そうだ」

ハクは断言し、薬の製法をその場でつらつらと諳《そら》んじてみせた。

内容のほとんどは、難解過ぎて意味がわからない。八角からとある成分を抽出して、十回もの化学反応を経て病に対する有効成分を合成する、という程度にしか把握できなかった。

「今、理解ができずとも、いつかは人が手にする技術だ。……まあ、あと千年近くは先の未来になるだろうがな」

はるか後の世に想いを馳せているのか、立ち去る彼の目はどこか遠くを眺めているようだった。

早速厨房を探してみると、八角の在庫は十分にあった。だが薬を作るには、やや心もとない量だ。桔梗宮での昼食会は引き続き行われているので、あちらの寮まで行けばもっと大量に手に入れられるはずだが……。

「あたしが取りに行くよ。任せて」

事情を説明すると笙鈴が請け負ってくれた。ついでに薬が完成したらなるべく早く病床の宮女達にも届けてやって欲しいと依頼する。

というのも、特効薬が効果を発揮するには時間制限があるらしいのだ。発症してから二十四刻──つまり二日以内。それ以後に服用しても効果はないらしい。

そこで「あ……」と何かに気付いたように笙鈴が声を上げる。「あたしにはハク様の姿が見えないんだけど、どうやって薬を受け取ればいいの？」

「それは私が何とかしよう」

そこで会話に割って入ったのは、父である燕晴だった。

確かに父ならばハクの姿を見ることも、声を聞くこともできる。

「曜璋に薬を飲ますことができるのも、私くらいだろうしな」

「考えてみればそうだよね……。父さん、お願いします」

次期皇帝である曜璋に、出所の怪しい薬を飲ませることは難しい。白澤が調合した薬だと言っても信じられない人が大半だ。

「では私が、燕晴様の護衛と杖代《つえ》わりを」

父の後ろからさらに歩み出てきたのは綺進。僵尸である彼ならば普通の人間よりも護衛として優秀だし、その上夜目も利く。この状況にはうってつけの人物である。

「わたくしも薬を配るのに協力しますわ」

と晨曦も話に加わった。やる気に満ち溢れているようでありがたい。

自分にも何かできないかと背伸びして訴えかけてくる春鈴には、伝令係兼留守番を頼むことにする。これも大切な仕事である。

といったところで布陣は完璧になった。ちょうどそんなとき。

「——沙夜。熊熊のところに宦官が近付いてる。急いで」

天狐が袖を引きながらそう言った。思ったより早かったなと考えつつ、沙夜は外出用の準備を手早く進めていく。

やがて万全に整ったところで、「行ってきます」と皆に伝えて玄関から外へ出た。

もう十分だ。十分に悩んだし考えた。この夜の間に全てを終わらせてやる。

門を抜けるとすぐに、天狐が「背中に乗りなさい」と言った。

直後、目の前で見る見る彼女の姿が変わっていく。袍服に身を包んだ華奢《きやしや》な少女は、ほんの数瞬後には巨大な異形に変化していた。

逆三角形の顔としなやかな体つき。手足の先だけが白い毛に包まれており、残りの部分には美しい金色の毛を纏っている。あと尻尾の数がやたら多い。

「……初めて見ましたけど、天狐さん本当は大きかったんですね」

「感想は求めてない。とっとと乗る」

「尻尾の数、多過ぎません？　確か白澤図の天狐の項目には、四本だって――」

「いいから」

言うが早いか、しゅるりと長い尾の先が沙夜のところへ伸びてきて、腰にくるりと巻き付いて軽々と持ち上げる。

そのまま天狐の背に降ろされたかと思えば、何の前触れもなく彼女は飛翔し、視界は一気に夜空で埋めつくされた。

「ちょ――！　早い、早いですって！」

天狐は軽く跳躍しただけなのだろうが、只人に過ぎない沙夜の体にはとんでもない負荷がかかった。まるで大気に殴られたようだ。

金色の狐は比喩でなく、天を駆けていく。彼女の体に切り裂かれた風が耳元でうねり、絶えずごうごうと音を立てた。それと同時に、鋭利な刃物で肌を斬られたような強烈な冷気が、心胆を寒からしめる。

無理だ。こんなのすぐに耐えられなくなる。何とか一度休憩を挟んでもらえないかと考えていると、不意に風の勢いが弱まった。

「ほら。これでいい？」

「あ、何か温かくなりました。ありがとうございます」

よくわからない仙術か何かのおかげで、沙夜の前方に大気の幕が張られたようだ。

そしてさらに。

「——目が？　何か妙によく見えるように」

「千里眼を共有した。これであなたにも遠くが見える」

「本当だ。ありがとうございます。ええと……痛たっ！」

夜の帳《とばり》に包まれた森の中を見ようとして、その途端鋭い頭痛に見舞われた。

千里眼が送ってくる膨大な情報を処理しようとして、脳が悲鳴を上げたようだ。

そうか。大事なのは取捨選択。何か見るべきものを特定した方が楽になると察した沙夜は、どこかにいるであろう熊熊の気配を探すことに努めた。

するとややあって、発見に至る。

「見えました。もしかして熊熊の近くにある気配が、太歳の？」

「そうみたい」

端的に天狐は答える。

「相変わらず禍々《まがまが》しい。……そういえば沙夜、良くわかったね」

「え？　何がです？」

「師父が太歳を忌避してるって。その弱点をうまく突いて薬を作らせた。あれは殊勲もの。爽快だった」

「あはは……お褒めに与り光栄です」

天狐が首だけこちらに向け、牙をむき出すようにして微笑んだので、こちらも愛想笑いを返しておいた。

「でも、どうしてハク様はあそこまで太歳を嫌われているんでしょうか。天狐さんはご存じなんですか？」

「わからなくもない。太歳は全ての知恵ある存在の、天敵だから」

含みある言い方をした彼女は、それから少しだけ太歳がどういう存在なのかを語ってくれた。

地中を蠢く肉の塊——その正体は、粘菌《ねんきん》複合体の妖異なのだという。

「……粘菌って何です？」

訊ねてみると、すぐに答えは返ってくる。

「植物と動物の中間の生き物。意志も心もなく、ただ生存本能によってのみ動き続ける存在」

「太歳を食べ続けると、頭の中まで太歳になると言ってましたが……」

「その言葉通り。太歳をある程度取り入れると、体の内側から粘菌に侵され、やがて太歳と同じ存在になる。植物のように何も考えず、ただ生存のために動く肉の塊に」

ああ、なるほど。何となくだが、ハクが毛嫌いしている理由がわかった。

太歳に体を乗っ取られた人間は、知性を失う。しかも寿命の枷《かせ》からも解き放たれるので、永遠に生き続けることになる。

言い換えればそれは、人間性の放棄だ。生命への冒瀆だ。

もしも不老不死のみを目的とした人間を集めた国家があって、全員が一斉に太歳を口にしたとすればどうなるか……考えるだに恐ろしい。

「かつて実際に起きた出来事」

天狐は沙夜の想像を読みとったように言う。

「とある国に太歳が出現し、みなでそれを食べ、最終的には国ごと太歳になった」

「大事じゃないですか……」

詳しく聞かせて欲しいと頼んだところ、その国では飢饉が起きていたらしい。

一口食えば体に精気がみなぎり、二口食えば寿命が延びる。そんな夢のような食糧が突如として目の前に出現したため、人々は狂喜乱舞したそうだ。

他に食べるものがなかった、それも事実だ。太歳が国中に広まるまでそう時間はかからなかったし、手遅れになったことに誰も気付かなかった。

「……ん？　ちょっと待って下さい」

千里眼を通して、沙夜の脳内にとある風景が映し出されていた。熊熊が隠れている洞穴の奥に、赤い光を放ちながら脈動する生肉のような物体がある。

そいつは沙夜の意識が近付いたことを察したのか、筋繊維の隙間からいくつもの目を見開き、あろうことかこちらを見つめ返してきた。

本能的な恐怖が体を巡り、肌が粟立《あわだ》ちぶるると震えが走る。

「あ、あの目って、もしかして」

「太歳に取り込まれた人間だったものの残滓《ざんし》」

なんと恐ろしい話だろう。つまり太歳を食べた人間は、最終的に巨大な太歳の一部となるのだ。みんな一体化して地中を蠢く赤黒い肉の塊になるのである。

そりゃハクが嫌うわけだ。人間に知恵を授けて成長を促してきた彼にとって、人をただの肉塊に変える存在なんて許せるはずがない。視界にさえ入れたくないと言っていた気持ちもよくわかる。沙夜も生理的にあれは無理だ。

「そろそろつく」と天狐。「準備は？」

「大丈夫です」

沙夜はそう答えて、いつも鍛錬で使っている木の棒——棍を胸の前で構えた。

◇

山狩りに参加することを決めたのは自分だ。緑峰様の前で威勢のいい啖呵《たんか》をきったのも自分。だから今さらの話なのだが、凜風は後悔し始めていた。

きっかけは、先頭を行く黄蓋という男が漏らした一言だ。

「——あのときの親子連れの片割れだろう。今度こそ手に入れるぞ」

言葉の意味はよくわからなかったが、ぎらついたその瞳を見たときに、彼らと自分の想いは同じではないのだと理解した。

緑峰様のためという言葉も偽りのものだろう。彼の瞳に宿った光の色は、欲望だ。ただ欲に浮かされるように夜の森を行軍する一団。その一員となっている事実に目眩《めまい》さえしてきた。

「ええい、もたもたするな。灯籠を持っているものは先に行け。あのような小さな獣に何を怯えているのだ」

黄蓋という男の信用ならないところは、こういうところだ。君主の前では懐の深い老練な官吏を演じていたくせに、周りが部下だけになると途端に暴君となった。対する相手によって態度を使い分ける者を、凜風は信用できない。それは人としての正道ではないと思っているからだ。

黄蓋の様子からして、彼の目的は子貘豹自体だろう。

貘豹は希少な動物だ。黄蓋の狙いはその毛皮。では襲われたというのも狂言だったのか？　いや近くに緑峰様がいたはずなのでそれはない。

しかし、となると……。いくつもの仮定が頭の中に浮かんで消えるが、そのどれにも確証はない。ただ凜風が当初考えていた妖異討伐とは確実に趣旨が変わっている。はぐれたことにして山狩り隊を抜け出すか？

いやそれでは何の解決にもならない。そもそも山狩りなどと大仰な表現をしているが、ここは後宮の敷地内だ。広いといってもそこまでではない。子貘豹が逃げ込んだ方向もわかっているので、このまま一刻ほど時間が経てば捜索は終了するに違いない。

凜風が彼らに手を貸せば、もっと早くに決着する。しかし手を貸さなくても同様の結果に落ち着くことになるだろう。子貘豹の運命は変わらない。

ここに緑峰様がいれば、とっくに全てを訴えているのに……。そしてこの場でどう振る舞うべきか、きっと明確な回答を返してくれるだろうに。

完全に目標を見失い、もはや自分が何のためにこの場にいるかもわからず、鬱蒼と茂った木々の隙間から呆然《ぼうぜん》と夜空を見上げる凜風。

そのとき、異変は起きた。何の気なく視線を向けた星の絨毯に、何か得体の知れぬ大きな影が走ったと思った瞬間——

「なんだ!?　うわあああっ」

山狩り隊の隊列が一瞬で崩されたのである。先頭を歩いていた灯籠持ちの宦官が、紙切れのように吹き飛んで木の幹に叩きつけられた。何が起きた？

目に見えぬ圧倒的な存在の気配に、瞬時に恐怖する。こんな経験は初めてだ。

「——一体何が？」

問い掛けても誰も答えはしない。凜風が瞠目する間にも、宦官達は次々に飛ばされ、地面を転がり、意識を失って倒れ伏していった。

「何かに襲われている？　まさか妖異——」

最後に残された黄蓋は所在なげに辺りをきょろきょろとする。きっと明かりがなくなったので何も見えてはいないのだろう。

そこへ音もなく上空から迫り来る影。暗闇を濃縮したようなその何かは、容赦なく黄蓋に攻撃を加え、瞬く間にその意識を刈り取った。

確信した。相手は妖異に違いない。それは凜風にもわかる。

しかしその姿が全く見えない。となると途轍もなく霊格が高い存在だということになる。凜風だけではとても対抗できないだろう。

「……それでも、ここで逃げ出すわけには」

震える声でそう呟く。どれだけ強力な妖異を前にしても逃げない。それは凜風が生まれてからこれまで守り続けてきた矜持の一つだ。

彼女は許せない。目の前で行われた理不尽な暴虐を。弱者を蹂躙する行為を。

相手が何であれ、それを見過ごすことは誇りを捨てることに直結する。であるなら、もう迷っている場合ではない。立ち竦んでいる場合でもない。

恐ろしいときほど胸を張り、大声で宣言すべきだ。ここに我はいるぞと。

覚悟は決まった。凜風は大きく息を吸い込み、しっかりと妖異の気配に視線を向け、やがて叫ぶようにこう言った。

「――我らが一族の守護神に願い出る！　我が名は凜風！　かの暴虐の妖異を討ち滅

ぼす力を、どうか我に与え給《たま》えぇっ！」

◇

沙夜の視界に山狩り隊が映った。千里眼ではなく肉眼の視界にだ。宦官達は手に手に灯籠を持っていたので、上空から見下ろせばすぐにそれとわかった。

「とりあえず一掃しとこう」

「お願いします」

軽い調子で請け負った天狐は九つの尾を素早く動かし、瞬時に突風を生み出した。その風圧の弩《いしゆみ》は山狩り隊の宦官達を次々に巻き込み吹き飛ばし、あっという間に全ての灯籠の火を消してしまった。

するとたちまち彼らは恐慌状態に陥った。口々に「妖異の仕業だ！」と叫んでいるようだ。その妖異を捕らえにきたくせに、今さら何を言っているのかと思うが……。

「もういっちょ」

複数の尻尾を扇のような形にして、天狐はさらに強い風を放つ。すると傾斜もないのに男達が地面をごろごろ転がっていく。

その後でもう一度彼らの様子を観察してみた。正体不明の妖異に立ち向かおうとする気概なんてどこにも見受けられない。というかほぼ気を失っている。

まだ後続はいるが、既に心は折れているらしい。深い夜の闇と晩秋の冷気、そして力の底の見えぬ相手という点が、普段の任務では勇敢なのであろう彼らにあっさりと退却を決意させたようだ。

「逃げるなら、追う必要はないですよ」

一応天狐にそう伝えておく。その間にも後続の宦官達が声を掛け合い、気絶した者を回収してじわじわ退がっていく。意外に簡単に決着がついて少々肩透かしなくらいだ。あとは太歳の穴を埋めて熊熊を連れ帰るだけで事は済む。

考えるべきは今後どうするか。これだけの問題を起こした以上、今まで通り熊熊と暮らすことはできないだろうと思う。どこか餌のたくさんある山にでも連れて行ってやろうか。そうしてたまに会いに行くのもいいな、と沙夜は考える。

そういえばこれまで、宮女の身の上では後宮の外に出ることもかなわないと思っていたが、天狐の力を借りれば空を飛ぶことだってできるわけだ。夢が広がる。

まあ太歳をどうにかするという名目がある今回が、特例中の特例という可能性もあるが……。全てが終わったら一応頼んでみようかな。そんな安穏とした思考で頭の中

がいっぱいになっていたところに、

「────っ⁉」

地上から飛んできた何かが頬をかすめた。直後、さぁっと顔から血の気が引いたのがわかる。

槍だ。槍だった。何者かが地上から槍を投げてきたのだ。

普通に考えれば容易《たやす》いことではない。沙夜には千里眼の効果で昼間のように周囲が見えているが、あちらから見ればこちらは暗黒。もちろん槍の重量の問題もある。だというのに正確に、狙い澄ましたかのように投げてきた。これは……。

「上がってくる。沙夜、気をつけて」

「わかっています」

天狐の警告にうなずくと、鍛錬用の棍を改めて構え直す。

相手の正体はもう、沙夜にもわかっていた。

というより見えている。少し離れた場所にある小高い丘から、翼の生えた馬に乗った少女がまっすぐこちらに向かってくるのである。

「あれ、孰湖さん、ですよね？　それに凛風……」

「これ以上の暴挙、見過ごすわけにはいかない！」

巨馬の背に跨《また》がった少女が高らかに宣言した。

「沙夜殿、あなたとはいずれ雌雄を決することになる予感がしていたが……。随分と早くその機会が訪れたものだ。これが運命というものかな」

「いや、わたしはそんな予感、全くしてませんでしたけど？」

「ふふ。もはや問答は無用だろう」

凛風は燃えるような視線とともに、確かな闘志をぶつけてくる。

よく見ると彼女の目は赤く染まっていた。その目で見られるだけで肌が粟立つ感覚がある。先程の正確な投擲といい、まさか……。

「……天狐さん。もしかして孰湖さんって」

「千里眼の権能を持っている。生意気なことに」

「――ここで会ったが百年目という話よ、女狐」

黒毛に覆われた馬の顔が嘲笑するように歪み、そして以前聞いた孰湖の声で言葉を紡ぎ始めた。

「ハク様の目を盗み、太歳を確保しようという貴様の企みはお見通しだ。大人しく主を謀った裁きを受けけよ」

「相変わらず思い込みの激しいこと」

天狐はふうと緩く息を吐く。しかしその反応とは裏腹に、強烈な殺気が体から溢れて周囲に漂い出した。挑戦にはきっちり応じる構えらしい。

「説明するのも面倒くさい。もういいから地に帰れ、駄馬」

「遠慮はいらぬということだな！」

ぶるる、と強く鼻息を吹くなり、孰湖はいきなり突っ込んできた。翼をはためかせ、何もない宙空を大きな蹄《ひづめ》で叩き、恐るべき速度で瞬時に肉迫してくる。

「沙夜ぁっ！」

同時に、声を上げて槍《やり》を振り回す凜風。

だが天狐も退かずに前進し、刹那のうちに交錯した。

沙夜の頭上すれすれを槍の穂先が抜けていった感覚があった。危ない危ない。

ただ、孰湖の動きはともかく凜風の槍捌きは、目で捉えられない程ではなかった。そもそも視覚は千里眼のおかげでかなり強化されている。そして日頃の鍛錬の成果か、突きや払いを弾くくらいはできそうである。

「死ね！　落ちろ！」

汚い言葉を口にしつつ、孰湖は突撃を繰り返してきた。

人の姿に変化していたときの言動もどこか器の小ささを感じさせるものだったが、

何だかいろいろとがっかりである。

　やはり天狐の方が格上だ。その金色の毛に包まれた尾は伸縮自在で変幻自在。槍や鎌や剣の形になりながら、それぞれが別の生き物みたいに目まぐるしい速度で動き、執拗に執湖に攻撃を加えていく。

　さすがにこれは避けられないだろう。そう思っていると、

「馬鹿め！　いつまでも昔のオレと思うてか！」

　執湖が叫んだ矢先、彼の巨軀からぶわりと何かが解き放たれた。

　天狐の尾の数を超える……いや、無数と呼べる程に多い、細長い縄のようなもの。

　それが一斉にこちらに向かって襲いかかってくる！

「うわぁ!?　何ですこれ！」

　たまらず身を仰け反らせて声を上げてしまう沙夜。

　それもそのはず。飛んできたそれは、蛇だった。

　執湖のたてがみや尻尾の先が蛇の頭部に変化し、それぞれに大口を開け、獰猛な牙を突き立てようと様々な方向から飛来してくる。

　天狐は尾の先でそれらを叩き落とそうとするが、さすがに数が違い過ぎた。いくつかには嚙みつかれてしまい、少しすると次第に尾の動きが鈍くなってくる。

「毒みたい。嚙まれないように」と天狐。

「待って下さい。嚙まれたらどうなるんです？」

「即死に近い早さで、死ぬ」

「じゃあもう即死でいいですよ！」

絶対に避けなくてはいけなくなった。なので必死に棍を振り回し、飛んでくる蛇の顎《あぎと》を何とか回避し続ける。

幸いにも、孰湖が敵視しているのは天狐だけらしい。その背に乗った沙夜は眼中にないらしく、蛇も積極的には襲ってこないようだ。

ただし、だ。注意を払うべき相手は他にもいる。

「なかなかやる！　だがその程度では！」

凜風も千里眼を共有しているだけあり、槍の狙いは正確で精密。さらに馬上での攻防に慣れてきたのか、受けるだけでも一苦労するようになってきた。

状況は膠着《こうちゃく》していると言っていい。しかし毒が天狐の体に回る程に形勢は悪くなる。

何か逆転の一手が必要だ。

——やりたくない。やりたくないけど。

一計を案じた沙夜は、凜風の攻撃をしのぎつつ、足で天狐の腹の辺りを蹴った。

姉弟子を蹴るなんて、普段ならば当然許されない。彼女も少しむっとしたように、視線だけ上げてこちらを見た。

でもそのおかげで、何とか意図は伝わったらしい。

「……なるほど。沙夜、踏ん張りなさい」

「承知！」

こちらが声を掛け合っている間に孰湖は少し距離をとり、前足で空中を何度か搔《か》くようにして勢いを溜《た》めていた。

「喰らえぇっ！」

そして凜風のかけ声とともに突っ込んでくる。今までにない凄まじい勢いで。

何の躊躇《ちゅうちょ》もなく伸ばされた槍の穂先が、一直線に沙夜の胸に向かってきた。

愚直でまっすぐな性分の彼女らしい、突進力頼りの一撃だ。

でもそうくることは読んでいる。

「――――なっ⁉」

一瞬、何が起こったのかわからなかったのだろう。一分の隙も見逃さないよう引き締まっていた凜風の表情が、たちまち驚愕の色に染まった。

そう。実はこの闘いにおいて、沙夜が凜風に勝っている部分はなかった。

武術についても馬上での身のこなしについても体力についても、その全てで沙夜は彼女より劣っていたのである。

しかし、ただ一つだけ、両者には明確な違いがあった。

簡単な話である。戦闘が始まってからこれまでの間、沙夜は一瞬たりとも騎乗などしていないという点だ。

「――ああああぁっ!!」

こうすれば槍が届くことはない。沙夜は天狐の尾に振り回されながら、恐怖に打《う》ち克《か》つために空中で雄叫《おたけ》びを上げる。

つまりだ。沙夜は天狐の背に乗っていたのではない。あくまで尾の一つを腰に巻き付けられ、固定されていただけに過ぎない。

だから狙い澄ましたような凜風の攻撃を外すのはたやすい。別に天狐の背から落ちたって構わないのだから――

「どおりゃあぁっ!!」

沙夜が発したかけ声とともに、思い切り振りかぶった尾を天狐は叩き込む。

もちろん、沙夜ごとだ。

「なあぁ!?」

一体誰がそんな捨て身の攻撃を予測できただろうか。いや予測できるはずがない。横殴りに飛んできたその一撃に、槍を伸ばしきっていた凜風は防御することも叶わず、沙夜の体当たりを真芯に受けて吹っ飛ばされた。

そして少女が背中から落ちたことで、守護者である孰湖の戦意も瞬時に消えた。地面に叩きつけられる前に契約者を救うためだろう。すぐさま宙を蹴って眼下の森へと降りていった。

「……これで決着、ですかね」

天狐の尻尾に摑まれた姿勢でだらんと四肢を伸ばし、沙夜は訊ねる。

すると姉弟子は、稀《まれ》に見る良い笑顔を浮かべて言った。

「いいや、止めを刺しに行く」

「勘弁して下さい。今夜はもう疲れましたよ」

宥めるように言いつつ、疲労感からぼんやりと地上を眺めていると、小さな貘豹がこちらを見上げているのがわかった。

夜空の彼方で何が行われたのか。誰が為の闘いだったのかなどまるで理解していない、きょとんとした表情だ。円らで愛らしい瞳がくりくりと輝いている。

「守れたんだから、いいじゃないですか」

呟くように言ったその言葉に、天狐は首を横に振る。

「太歳を滅ぼすか、地中に埋め戻すかしてくる。沙夜は後始末をするように」

「……はぁい」

すぐに地に降り立った彼女は沙夜を背中から降ろすと、再び空を駆けて熊熊が待つ洞穴の入口に向かっていった。あの奥に太歳があることは既に知っている。

あちらは任せていいだろう。残る仕事は凜風や宦官達を説得し、撤退させることだ。かなり面倒臭そうに感じるが、戦意はもはや失われているはず。意外と簡単に話が進むかもしれない。

ともあれもう決着はついた。後少し、頑張ろう……。

こうして、太歳という忌み神を巡って起きた騒動は、大半の者がその存在も知らず、また夜明けすらも待たずに、少々あっけない幕切れを迎えたのだった。

それから数日後のことである。白陽殿にやってきた緑峰によって、最後に残された謎が解き明かされた。

「――黄蓋が襲われた理由がわかった」

熊熊を保護した日の翌日に、沙夜は黄蓋の調査を依頼した。彼は緑峰の盾となって名誉の負傷をしたのだと主張していたが、実は最初から熊熊の標的は黄蓋だったのではないかと考えたからだ。

「黄蓋の私室には、毛皮が飾られていた。大きな貘豹のな」

「そうではないかと思いました」

自分の推理が当たっていたことに安堵しつつ、そう返す。

続いて緑峰が明かしたところによると、黄蓋は希少動物の毛皮や剝製を集める蒐《しゅう》集《しゅう》家で、郊外にある彼の別荘はまるで展覧会の会場のようだったそうだ。

「あの毛皮は、子貘豹の――熊熊の親のものか？」

「だと思います。母親は妖異になってしばらく傍にいたらしいので、父親でしょう」

熊熊の行動は単純。竹林の道を通る宦官の行列の中に、以前に嗅いだ覚えのある匂いを発見した彼は、黄蓋こそが父の仇であると判断し、襲いかかった。

きっと私室に毛皮を飾っていたことから、黄蓋には彼の父の匂いが染みついていたのだろう。

「――何故あいつは、病に倒れた宮女達に太歳を分け与えたのだろうか」

緑峰のその問いには、微笑を交えながら答えた。

「あの子にとっては、当然のことだったんですよ」

熊熊は相手に対し、鏡のように接しただけだ。

可愛がってくれたから。頭を撫でてくれたから。おやつを食べさせてくれたから。愛してくれたから、愛を返しただけだ。

母親が熊熊のことを想って食べさせてくれた太歳を差し出したのも、それを食べれば元気になると知っていたからだろう。

「幸いにもみなさんが食べた太歳は指の先程。ちょっとくらいは寿命が延びたかもしれませんが、大した影響はないそうです」

「そうか。ならば良かった」

「で、黄蓋様はどうなったのですか？」

「逮捕したよ。毛皮や剝製を集めても別に構わないが、その対価に横領した金を使っていた。金で足りなければ国の機密すら売っていたそうだ」

「……腹黒でない宦官の方はおられないのですか？」

そう訊ねると、緑峰はくくっと忍び笑いを漏らす。

「俺の最近の頭痛の種だ、それがな」

「大変ですね、本当に。困ったものです」

と言ってしばし笑い合っていると、「誰のことですかねぇ」と通りがかった綺進が不服そうな声を上げた。

僵尸として操られていたから無罪だと彼は主張するが、腹黒なのは生来の性分だと思う。なので沙夜は言葉を取り下げたりはしなかった。


「──おい。行くぞ」

それからさらに数日が経ったある日、ハクが急に外出すると言い出した。

どこへ行くのかも教えてもらえず、ただ熊熊を連れてこいというので、いつものように竹藪に入って彼を背負い、その足で白陽殿の北に向かった。

先導する白猫姿のハクは、尾を振りながらひたすらまっすぐに歩いていく。いつか熊熊の母親と出会った森を抜け、渓流を跨ぎ、奥へ奥へと進んでいった。

鬱蒼とした木々の継ぎ目が見えなくなるほど深く分け入ったところで、いつしか靄に包まれた道の先に、細い谷が見えてくる。

幽谷という表現がぴったりとくるような、とても雰囲気のある場所だ。

ハクはそこで猫から人へと変化すると、何やら周囲にぐるりと視線を巡らせた。

「見ているんだろう。さっさと出てきたらどうだ」

「──ご挨拶だねぇ、久しぶりの再会だってのに」

谷にいくつも並んだ大岩の陰から、何かが歩み出てきたのが見えた。

だがそれが一体何なのか、沙夜にはわからない。

適切な形容さえ思い浮かばない。漆黒の絵の具で無造作に塗り潰されたような、人の輪郭を持つ何かとしか言い様がない。恐らく妖異ではあるのだろうが、それにしても並大抵の存在ではないと直感する。あまりにも歪《いびつ》で不気味だ。

「おっと。初めましてだね、沙夜」

その少年のような背丈の何かは、軽く会釈をして自己紹介を始めた。

「ぼくはこの泰山を統べる者。名を東嶽大帝と言う。……でもそうだな、親愛を込めて〝ガッくん〟と呼んでくれると嬉しい」

「馬鹿が。貴様と必要以上に馴れ合うつもりはない」

沙夜を守るように、ハクが前に出た。

「いいからさっさと門を開け。貴様とて、いつまでも顕現していられるわけではあるまい？」

「まあそうなんだけどね。……よっと」

かけ声を口にしながら彼が腕を振るうと、谷の中央が不意に、歪んだ。

きっと超常の力が行使されたのだろう。沙夜には何が行われたのかまるでわからなかったが、人の身で実現できる技術ではない。それだけは悪寒とともに理解した。

「熊熊を降ろせ」

「はい」

真剣なハクの言葉に、ただ従う沙夜。

背負っていた熊熊をその場に降ろし、少しの間その様子を見守る。するとしばらくして、彼の円らな瞳がくりっと別の方向を向いた。

つられてそちらを目にした瞬間、あまりの光景に声もなく驚愕する。

深い霧の立ち込めた谷の、その道の真ん中に、いつしか大きな影が現れていた。

目を凝らしてみると、徐々にその正体が明らかになってくる。

どうやら貘豹だ。しかも大きい。

あれはまさか……。未だに信じられないという想いは強いが、間違いないようだ。

影の正体は、いつか沙夜が森の奥で出会った、熊熊の母親だったのである。

「行くがいい。母の元に」

ハクは言い、追い払うように掌を振る。

そのときようやく理解した。何故今日、ハクがここへ熊熊を連れ出したのかを。

熊熊がこのまま後宮で暮らすのは簡単なことではない。太歳をその身に取り入れたことで、一部とはいえ太歳と同じ存在になっているからだ。

不老不死を追い求める人間が、いつか熊熊を捕まえに来ないとも限らない。それでなくとも希少動物だ。毛皮は珍重されており、黄蓋のような者に目をつけられる恐れもある。

だったらいっそのこと、妖異となった母が住む場所に——冥府に送ってやろうと、ハクはそう考えたのだと思う。

「選ぶのは、おまえだ」

彼は厳しい声色で熊熊に決断を迫る。

「あちら側で母と平穏に暮らすか、こちらに残って白陽殿に隠れ住むか。我はどちらでもよい。さあ選べ」

冷淡ながらも、不器用な優しさが伝わってくる言葉だと感じた。

白陽殿に残れば、今までのように自由に生きることはできなくなるだろう。当然、宮女達との触れ合いもなくなる。それでもいいなら残ればいいと言う。

きっと全てが本心からの発言だ。熊熊がどちらを選んだとしても、ハクは結果を受け入れるつもりでいる。それは何故か感覚的に理解できた。

「くぅん」

熊熊は微かに鳴き声を上げ、それから一歩ずつ、母の元へ向かって歩き始める。

途中で一度だけ、こちらを振り返ったが……沙夜がうなずきを返すと、またゆっくりとだが前進していった。

やがて母の元に辿り着いた熊熊は、匂いを嗅ぐように鼻先を突き出す。

すると母親も同じように鼻先で迎え、お互いを嗅ぎ合った後に、離れていた時間を少しでも埋めるように頬擦りを繰り返した。

「……これでいいんですよね」

思わずそう呟いて、少し顔を伏せる。

眼の奥が熱くなってきていた。これでお別れなのだと考えると、心の底から寂しい気持ちが湧き上がってくる。

今日で最後だと事前に知っていたなら、みんなにも伝えてお別れに備えることもできたのに……。

いや、嘘だな。

事前に言われたなら熊熊を抱きしめて、行かないでと泣いたかもしれない。そんなことをすれば優しい彼は、きっと母の元に帰れなくなる。

だからこれで良かったのだ。最後にちゃんと笑顔で見送ろう。そう心に決めて沙夜は顔を上げた。

でも、その瞬間——

「——母さん」

再会を果たした貘豹親子の隣に、もう一つの影があることに気付いた。

放心した沙夜の鼻の奥に、とても懐かしい匂いが蘇《よみがえ》る。

質素な衣服に身を包んだその女性は、どこか困ったような、苦笑するような表情をこちらに向けて、何故か遠慮がちに手を振っている。

それを認識したとき、足が勝手に前へと——

「行くでない」

歩き出したはずなのに、母との距離はまったく縮まらない。どうしてかとぼんやり考えて、そこでやっとハクに抱きすくめられているのだと気が付いた。

沙夜は一言、「放して」と口にする。

もちろんちゃんと頭の中で考えてから出した言葉ではない。ぐちゃぐちゃになった情緒と、涙で滲んでよく見えない視界。それら全てを振り切って解放されたい気持ちが胸を締め付けている。

自分のことなのに全然知らなかった。こんなにも母を求めていただなんて。

思えば熊熊に優しくしようとしたのだって、母と引き離された彼に同情したのかもしれない。

紫苑が曜璋のために薬をと言ったとき、あんなに力になりたいと思ったのも、母の姿を重ね合わせたからなのかもしれない。

「放して……！　放して下さい！」

もう駄目だ。拭っても拭っても、大粒の涙がぽろぽろと零れ落ちる。

母の元へ行きたい。行って触れたい。ほんの指先だけでも……。

だがそう願っているうちに無情にも、母の輪郭は徐々にぼやけていく。

ああ……。きっと時間切れだ。

あちらへと続く道が、もうすぐ途切れてしまうに違いない。

「お願いですハク様！　行かせて下さい！」

「駄目だ。馬鹿弟子が」

渾身の力で何とか前に進もうとするも、ハクの腕を振り解けない。

そして。

そうこうしている間に儚くも、谷を吹き抜ける突風に掻き消されるようにして、母の姿は完全に見えなくなってしまった。

いや、母だけではない。

ふと気が付くと、もはやその場には誰もいなかった。熊熊も、熊熊の母も、あの黒ずくめの人影も。

それでも眼球を沸騰させるような熱い涙は止まらない。まだまだ体の奥からとめどなく溢れ、雨のごとく降り注いで大地に飲み込まれていく。

「――まったく、手間がかかる」

するとそこで、ハクが一度両腕を開いて力を緩め、沙夜の体をその場で反転させて胸の中で抱きしめるようにした。

でも逆効果だった。人の体の持つ温かみに触れ、琴線を掻き鳴らされてさらに泣いた。泣きじゃくった。

その場でどれだけの時間が過ぎても、一向に涙が止まる気配はなかった。

ハクに幼子のように手を引かれて白陽殿に戻るまで、沙夜はいつまでも泣き続けた。

終 しゅうしょう 章

《秦始皇帝遣方士徐福將童男童女數千人入海、求蓬萊神山及仙藥、止此洲不還》

秦の始皇帝が方士《ほうし》徐福を遣わし童の男女数千人を率いて海に向かわせ、蓬萊《ほうらい》神山及び仙薬を探すよう命じたが、彼らはこの州にとどまり還《かえ》ってこなかった。

時は夜半。闇に包まれた宮城の一画にて。

主のいない玉座の間に一人、綜国宰相である招星が歩みを進めていく。

すると玉座の上にゆらりと、見るも奇怪な漆黒の影が揺らめきながら現れた。

それは人の形をしていながら、人であるはずもない異形の存在。背丈だけなら少年のものだが、頭の天辺から足の爪先まで真っ黒に塗り潰されている。

「――なかなかの見物だったよ？　君も来れば良かったのに」

その闇の化身は気怠げに玉座の肘掛けにもたれかかると、これまた少年のような高い声で招星に話しかけた。

「もうちょっとで、沙夜をこちらに引き込むことができた。げに素晴らしきは親子の愛情、というところかな」

「趣味の悪いことだ」

内心苛つきながらも表情には出さず、招星は答える。

「今代の白澤の弟子はただの人の子。あなたがその気になれば冥府に落とすことなど簡単でしょうに。東嶽大帝」

「いやいや、それじゃつまらないでしょ」

闇に象られた少年の顔の、その口元だけが裂けて三日月状になる。

「ぼくはね、人間が大好きなんだ。矮小《わいしょう》な彼らが時に見せる、あの摂理をも覆す程の意思の力……それを見るためだけにこの国を存続させているとも言える」

「戯れはしばし自重していただきたいものだ」と招星は返す。「斉夏との戦争も、間もなく始まるのですから」

「まあ、そうだね。ごめんごめん」

謝罪の言葉を述べつつも、彼に反省したような様子はまるでない。

まったく困ったものだ。こんな自由人が万能にも等しい力を持っているだなんて厄介極まる。ふう、と大きく吐息を放った招星は、続けて彼に訊ねる。

「一つだけお聞きしたい。冥府の門で引き合わせた沙夜の母――陽沙は本物ですか？それともあなたが作り出した幻影でしょうか」

招星は古くから燕晴と友人付き合いをしており、沙夜の母である陽沙ともそれなりの面識があった。

だからこそ、ずっと不自然に思っていた。招星が知る陽沙とは、とても強い女だ。風の噂に流行り病で亡くなったと聞いているが、それほど柔な女ではない。

であれば、この目の前の存在が何かをした可能性が高い。ずっとそれを疑っていたのだが……。

「ははは。いくらぼくでもそこまで外道じゃないよ」

東嶽大帝はそう言って、やや大袈裟な身振りをしながら笑い声を上げる。

「沙夜に引き合わせた陽沙は、紛れもなく本物さ。幻影や傀儡《くぐつ》の類でもない。まあ、彼女が冥府に落ちた経緯については濁させてもらうけど」

「そうですか」

やはり何かしたのだ。この邪神め……と内心で罵倒する。

となれば、東嶽大帝は独自の目的をもって暗躍していることになる。彼の思い描く綜国の未来は、招星の願望とは異なるものなのかもしれない。

しかし今さらこの神が持つ絶大な力を当てにしないわけにはいかない。招星とて既に止まれないところまで来ているのだ。

「そういえば君、良かったのかい？　太歳を見逃して」

「あれに興味はありません」

「冷めたものだね。昔は血眼になって探していたものだろうに。ねえ徐福？」

「いい加減、その名で呼ばないでいただきたい」

招星は威迫するように声を放ちつつ、目の前の存在に闘気を叩きつけた。

もはや徐福と呼ばれていた頃の自分とは違う。後戻りなどとうにできないからだ。その意思表示のつもりだったが、相手はさすがに神。どこ吹く風のように受け流し、話を続けようとする。

「ごめんごめん。元の名で呼ばれるのを嫌っていたよね。すぐ忘れちゃうのがぼくの悪いところだ。もう言わないよ」

「そうしていただけると助かります」

「うん。じゃあ話がまとまったところで、次の展開についてもここで話し合っちゃうか。招星君はどういうふうに斉夏を落とすつもりなの？」

まるで買い物にでも行くような気軽な口調。しかしこれから彼と話し合う内容は、一国の民全てを血の海に沈め、綜国内にも泥沼の戦乱を招き入れかねないものだ。

だがこの身は既に修羅に落ちている。どんな犠牲を払おうと、心の奥底に瞬く願いをいつか叶えるため、決して立ち止まるわけにはいかない。

招星は意を決して口を開き、言葉にするだけでおぞましさに咽返《むせかえ》るような、悪意と憎悪が渦巻く計画の全容を語った。

綜国の未来を覆う闇の気配は未だ濃く、誰一人先を見通せる者は存在しない。それは森羅万象に通じるという神獣白澤であっても例外ではなかった。

◇

今日も今日とて授業を終えた沙夜は、一人きりで白陽殿への帰路についていた。

吹く風の冷たさが日に日に厳しくなっている。もう冬がすぐそこまで迫っているのだろう。そろそろ外套《がいとう》の中に綿を入れる時期かもしれない。そんなことを思案しながら歩みを進めていく。

やがて竹林に差し掛かると、寂しさがちくりと胸に爪を立てた。熊熊はあちら側で母親と仲良く過ごしているだろうか。温かい気持ちでいるだろうか。そんなことばかりが頭を過《よ》ぎる。

いかん、目の端に涙が浮かんできた。最近、あの日のことを思い出すだけで泣けてきてしまう。

目尻をこすりながら足を進め、白陽殿の門が見えたところで、誰かがこちらに歩み寄ってくるのがわかった。

「沙夜……。また泣いているのか」

緑峰だ。代々の皇帝が纏ったという豪奢な礼服に身を包んだ彼が、そう言って沙夜の頭にぽんと手を載せる。

そしてそのまま、撫でてくる。あくまで優しく、慈しみをこめた手つきで。

すると思わず赤面してしまった。いや、相手が緑峰だからというわけではない。誰だってそうなる。条件反射みたいなものだ。

「あ、あの、大丈夫です。ちょっと埃《ほこり》が目に入っただけなので」

「本当にそうか？」緑峰が顔を覗き込んでくる。「辛いことがあるなら相談してくれ。力になってやるから」

そう口にしつつ、彼はさらに頭を撫でてくる。もう恥ずかしすぎて死にたいのだが、その手を振り払うこともできない。

緑峰が沙夜にこんな態度をとるようになった理由は、数日前のこと。泰山の幽谷に開いた冥府の門で、母と対面してしまった沙夜は何故か涙が止まらなくなり、その後幼子のようにハクに手を引かれて白陽殿に帰った。そこをあろうことか、緑峰に目撃されてしまったのである。

彼にはハクの姿が見えない。そのため沙夜が、一人で泣きながら帰ってきたように認識してしまったというわけだ。

そのときも頭を撫でられ、腰を屈めた姿勢で顔を覗き込まれ、どうした、何があったと盛大に心配されてしまった。理由は話していないが、それが逆に緑峰の庇護欲を刺激してしまったらしい。今は顔を合わせる度に、もう泣いていないかと心配される状態である。早く忘れて元に戻ってほしい。

「――緑峰様。あまり婦女子の頭に、無遠慮に触れるものではありませんよ」

そう言って沙夜の腕をとり、緑峰から引き離したのは蒿才人だった。

「沙夜は私の妹なのですから、私にお任せください」

「ええと、それはそれで困るのですが……」

小さな声で不満を訴えたのだが、聞く耳を持つ気はないらしい。

すっかり元気になった彼女は、今日も当然のように遊びにきたようだ。体内に取り入れた太歳の影響も無視できるくらいだとハクが言っていた。無事で一安心である。

「蒿才人、俺は別に、そんなつもりではなくてだな」

「いいえ、如何なる理由があろうとも、駄目なものは駄目です」

上級妃の地位に興味がない彼女は、緑峰に対してあくまで強気だ。

まあ緑峰に頭を撫でられているよりは、蒿才人に抱きしめられている方がまだマシな気はする。世間体的にも。

「……そうか」と少し寂しそうに呟く緑峰。「泣《な》き止《や》んだのならそれでいい。沙夜、おまえに客が来ているぞ」

「え。誰です？」

訊ねると、彼は何故か視線を逸らした。そしてやや小声になりながらこう答える。

「あの凜風という娘だ。おまえに詫びたいことがあるとの一点張りで、本殿の入口に正座して待っている」

「…………」

また厄介事が向こうからやってきたな、と沙夜は内心で重い吐息を放った。


「――謝罪をさせていただきたい。沙夜殿の許しを得られるまで、今後一生、二度と頭を上げぬ所存です」

「もう許しましたので頭を上げて下さい。というか、わたしは特に怒っては」

「いいえ！」

正座の体勢から勢いよく顔を上げた凜風は、血走った眼をこちらに向ける。

「沙夜殿の大義も知らず……！　己の欲求を叶えるために暴走した身共は、獣と大差ありません！　よもや太歳を封じるために動いておられたとは……！」

と、彼女は何か、都合よく勘違いをしてしまっているようだ。

沙夜が白澤の命を受け、この世に混乱をもたらす忌み神である太歳を封じるために行動したと本気で思っている。さらに胡族の地位を引き上げるため人知れず尽力し、まだ一つの学級の中だけではあるが融和という理想を実現したのだと。その尊い行いにいちいち反感を抱いて妨害行為をしていた自分はなんて卑しいのかと、唾を飛ばす勢いで熱弁してくる始末だ。

うん。面倒臭い。何でも許すからもう帰って欲しいというのが沙夜の本音だ。

しかし己の罪を償うと凜風が言い出したので、事態はさらに面倒なことになる。

「……身共は身を引こうと思います。女学院からも籍を引き上げるつもりです」

「ええっ？　いやそこまでしなくても」

「そこまでしなければ、自分が自分を許せません。あんな失態を演じた身共が、緑峰様の妃になど、なれるはずがありませんから」

悟ったような台詞《せりふ》の割には、膝の上で握りしめた拳が震えている。

そんな彼女の様子を見て、本当に緑峰のことが好きなんだなと思った。だからこそ一番大事なその矜恃を捨てることで、自らを罰しようとしていると理解する。

でもそんなの困る。見ていられないし、重過ぎる。

どうしたものか。誰か助けてくれないだろうか。そう考えつつ周囲に視線を彷徨わせていると、その意思を読み取ったのか援軍がやってきた。晨曦だ。

「——いつまで情けないことを喚《わめ》いているつもりですの？」

凜風の傍まで歩み寄ってきた彼女は、腕を組んで仁王立ちになりながら口を開く。

「あなたの緑峰様への思いはその程度ですの？　一時の感情の揺らぎで割り切れる程に容易いものでしたの？」

「……そ、そんなことはない」動揺を見せつつ凜風は答える。「容易くなど、ない。幼い頃に出会い、募らせた緑峰様への思いは身共の原点。生きる指標と言ってもいいものだ。身を引く決断は、それこそ血を流す程の」

「ならば、諦めるものではありません」

と、急に柔らかな口調になった晨曦は、その場に膝をついて凜風の手を取った。

「その想いの強さに免じて、わたくしは同志としてあなたを受け入れます」

「同志……？　こんな身共のことを、同志と呼んでいただけるのですか？」

「ええ」

にこり、と女神の微笑みを浮かべる晨曦。

「ともにこれからも緑峰様を守り、無私の愛を捧《ささ》げていきましょう。そして打算のみで近寄ってくる邪《よこしま》な妃候補から緑峰様を守るのです！」

やけに熱のこもった声で言う晨曦。それが目的か、と呆れつつこっそりその場から身を引いた。この調子ならば、凜風が落ちるのは時間の問題だろう。

四月の考査がどのような結果になるとしても、緑峰を心から愛する者ばかりが妃になるとは限らない。打算をもって近づいてきたものが、晨曦や凜風よりも格上の妃になることだってあるかもしれない。そういった事態に備えるため、連合を組んで事に当たろうというのが晨曦の思惑だ。

多分、本音を言えば正妃になって緑峰を独占したいのだろうが、それよりも邪魔者を確実に排除することを選んだようだ。こういう強かさが後宮妃に求められる資質なんだろうなぁ、と他人事のように考える。

「…………あたしも考えなきゃ」

暑苦しい二人から距離をとるため渡り廊下の方へ行くと、物陰に身を隠すようにして広間の様子を窺う笙鈴の姿があった。やっぱり笙鈴も……。

いいや、関わっては駄目だ。見て見ぬ振りをして沙夜は書斎に向かう。すると書斎の中には、いつものように安楽椅子に寝転がる自堕落な白猫の姿があった。

「姦《かしま》しいものだ。もう少し声を抑えるように注意しておけ。安眠を妨げられてはかなわん。せっかく良い日和だというのに」

　喋る度にぴくぴくと髭を動かしつつ、ハクは薄目を開けて続ける。

「ところで天狐はどこに行った？　毛布を持ってくるよう命じたのだが」

「恐らく執湖さんのところかと。朝方、『今日こそ決着をつけてやる』とやたら意気込んで出ていきましたので」

「またか」と呆れ顔になる彼。「何百年経っても進歩のない弟子どもだ」

「そういえばハク様。執湖さんが破門された理由って、何なんですか？」

ちょうどいい機会なので聞いてみると、思ったより軽い口調で答えが返ってきた。

「字が、汚かったからだ」

「……ああ、それは仕方がないですね」

白澤の弟子に任せられる一番大事な仕事は、白澤図を綴ることだ。悪筆なんて論外。

まあ本性が天馬であった彼に、達筆を求めるのもどうかと思うが。

「どうでもいい話だ。それよりすぐに毛布を持ってきてくれ。寒くなってきた」

「わかりました。でもその前に」

そこでそっとハクを抱き上げ、自分の膝に乗せながら椅子に腰を下ろす。

「こうすればすぐに温かくなりますよ」

「…………ふん。まあ悪くない」

彼は意外にもされるがままに身を委ね、沙夜の手に顎を乗せてきた。

しばし目を閉じて、考える。

日が傾くにつれて強まるこの冷え込みには、嫌でも冬の到来を感じざるをえない。

今後、後宮女学院における序列争いは熾烈化していくだろうが、正直に言えばどうでもいい。この温かくて失い難い場所を守り続けることが自分にとって、何より大事なことだと確信しているからだ。

ならば、たとえ終わりなき受難の日々が続くとしても、笑って前に進んでいこう。

——もう弱いわたしのままじゃいられない。家族とともにあるために。

しっかりと心の拠り所を確かめると、いつしか寒さを感じなくなっていた。それどころか、膝から上が何だかぽかぽかとしてきている。

やがてぐるぐると喉を鳴らし始めたハクの、その幸せな振動が腕に伝わってくると、沙夜もまた安らかな微睡《まどろみ》の中に落ちていった。

《了》

あとがき

ご無沙汰しておりました、仁科裕貴《にしなゆうき》です。

いきなりで恐縮ですが、何故か動物に好かれる体質の人っていますよね？　実を言うと警察官時代の私がそうで、赴任地が田舎だったこともあり、よく動物絡みの事案に呼び出されていた覚えがあります。

一番多かったのは蛇です。住宅地に蛇が出現すると、家族が怯えるので何とかしてくれという一一〇番通報が入るのです。

そんなの警察官の仕事なの？　と思われるかもしれませんが、通報を受けて現場に行った以上、何もせずに帰るわけにはいきません。

私だって別に蛇が好きなわけじゃないし、平気で触れるわけでもなかったのですが、周囲の期待というか無言の圧力に負け、いつも一人で蛇を捕獲していました。処理した件数は十や二十じゃきかないと思います。

するとそのうち「スネークハンター」と署内で呼ばれるようになり、その異名だけが独り歩きして専門家のような立ち位置に祭り上げられ、非番の日にすら呼び出されるように……。何とも恐ろしい話です。結局一番恐ろしいのは人間だった、とオチをつけたくなります。しませんが。

あと印象に残っているのは狸ですね。ある日の早朝に、とあるお寺の床下から異音がするとの通報がありました。どうやら野生動物が入り込んだ模様。

気味が悪いので様子を見に来てくれと言われ、現場に到着した私が早速確認してみると、床下には鼠が入り込まないよう金網が張られており、それが一部破られているのがわかりました。

さらに目を凝らしてみると、金網が破れた場所に首を突っ込んだまま、微動だにしない狸が一匹。それが異音の原因だったことは明らかでした。

どうやら既に息絶えているようです。恐らくは死の間際に金網から逃れようと暴れたのでしょう。辺りには抜け毛が散乱しており、何とも哀れを誘う光景でした。

通報したお寺の住職も、「可哀想だから弔ってやろう」と仰り、狸に向けて念仏を唱え始めます。

「――あ、でも死体は回収してもらえますか」

住職は金網に刺さった死骸に触りたくないようです。

なので仕方なく、私が四つん這《よ ば》いになって床下に潜り込み、狸を回収することになりました。

そして金網に手が届く場所まで近づくと、狸の足をぐっと掴み、思いきり力を込めて引っ張ります。すぽんと抜けました。

すると次の瞬間、驚くべき事態が起きました。なんと狸が息を吹き返したのです。そして私の手を振《ふ》り解《ほど》き、俊敏な動きで外へと逃げて行きました。その丸っこい後ろ姿はすぐに見えなくなりました。

ああ、狸って本当に死んだふりするんだな、と驚きつつも感心した覚えがあります。あれはとても得がたい経験でした。

……え？　動物に好かれる体質関係ない？

そうでした。猫とか犬とか小鳥とかにはよく懐かれます。特に面白いエピソードはありませんけど。

はい。ここまで取り留めのない話ばかりで一体何を伝えたいのかと申しますと、実は最近、気付いたのです。

デビュー作以来、私の著作には動物が出てくるシーンが多い気がする、と。「座敷《ざしき》童子《わらし》の代理人」シリーズに登場する化狸《ばけだぬき》も、無意識のうちにあの金網狸をモデルに書いていたのかもしれないと。

そんなわけで今巻にも、とある動物が登場します。あとがきから読む派の方のために詳細は語りませんが、中国といえばやはりあの動物でしょう。

せっかく中華風ファンタジーを書いているのだからと、思いきって重要な役どころを任せてみました。読者のみなさんにも気に入っていただければ幸いです。

ついでに物語の続きを読んでみたいと思っていただければ、これほど嬉しいことはありません。コミカライズ企画も進行中の「後宮《こうきゅう》の夜《や》叉《しゃ》姫《ひめ》」シリーズを、今後ともどうぞよろしくお願い致します。

さて。それでは最後にこの場をお借りして謝辞を送らせていただきます。いつもお世話になっております担当編集の大谷《おおたに》様と、繊細かつ美麗な表紙を描いて下さいましたイラストレーターの志島《しじま》とひろ様。それから出版に関わって下さった全ての方々と、このあとがきを読んで下さっている皆様方に心からの感謝を。

仁科　裕貴

＜初出＞

本書は書き下ろしです。

メディアワークス文庫

後宮《こうきゅう》の夜叉姫《やしゃひめ》3

仁科裕貴《にしなゆうき》

2021年3月25日　初版発行
2024年5月15日　7版発行

発行者　山下直久
発行　株式会社**KADOKAWA**
〒102-8177　東京都千代田区富士見2-13-3
0570-002-301（ナビダイヤル）
装丁者　渡辺宏一（有限会社ニイナナニイゴオ）
印刷　株式会社KADOKAWA
製本　株式会社KADOKAWA

ISBN978-4-04-913634-0 C0193

メディアワークス文庫　https://mwbunko.com/

本書に対するご意見、ご感想をお寄せください。

あて先
〒102-8177　東京都千代田区富士見2-13-3
メディアワークス文庫編集部
「仁科裕貴先生」係

平安かさね色草子

白露の帖

梅谷 百

色あわせの才で綴る
新米女房の平安出世物語。

時は平安、雅を愛し宮中に憧れる貧乏貴族の娘・明里は、家のために誰もが数日で逃げ出すという春日家に出仕することに。美形にもかかわらず風雅とはほど遠い春日家の三兄弟をかわしながら、新米女房の務めに励んでいた。明里が見立てた長男の装束や、荒れ放題の春日家での酒宴を見事に執り行った機転が兄弟の上官・有仁をも感心させる。

そして持ち込まれた、後宮で起こっている不穏な企ての犯人捜しの相談。有仁の頼みで明里は鳥羽天皇が暮らす憧れの宮中に行くことに——！

メディアワークス文庫